咄《とっ》嗟《さ》の契約／とり

亜木 満
AGI Mitsuru

文芸社

目次

咄嗟《とっさ》の契約

（一）

その頃、宮田吾一は東武東上線のＯ駅の近くに住んでいた。駅前商店街を川越街道に向かって四、五分歩き、途中からわき道へ一歩中に入ると住宅地に出る。住宅地といっても歩道に街路樹が植えられているような整備されたものではなく、迷路のような狭い道路を挟んで、小さな人家が軒を接するような旧《ふる》い住宅地である。

その奥まった一角に、吾一の住む「平和荘」はあった。名前の通り、ひと昔前に建てられた木造二階建てのアパートで、上下合わせて十三戸の住人が住んでいた。

平和荘には一応ちゃんとした玄関があり、入口には名入りのガラスのドアが付いている。

しかし、吾一の部屋はここからは入れない。平和荘と持ち主である大家の家の間に幅二メートルの通路があり、通路を二十メートル奥に進んだ所に高さ三メートルのコンクリートの壁がある。この壁は、平和荘の敷地と奥の家との境界になっている。コンクリートの壁のすぐ手前に上がり口があり、まるで旧い貨物船にでも付いているかのような黒い鉄板でできた急な階段が立ち上がっている。

丸い手摺りにつかまり、階段を七、八段上った所が彼の住む部屋であった。つまり吾一の住む部屋は、アパート本体が建てられた後から、こっそり増築された付録品みたいなもので、一見船の操舵室のような部屋であった。

最初の頃は、物置として使っていたらしいが、後に大家が収入増を企んで二階部分だけ貸し部屋にしてしまったのだ。一階部分は平和荘住人の自転車置場兼洗濯場になっていて、かつてはそれで水を汲み出していた手押しのポンプが、いまだに残っている。郵便配達人が彼の住所を発見できないので、郵便受けだけは平和荘のみんなと同じ玄関に設置してあるが、実際は別枠の住人であった。

部屋は一間《いっけん》の押入れの付いた四畳半の和室で、入口の横に小さな洗面台と、座ると膝が壁にぶつかる洋式のトイレがあった。

部屋はなぜか、いつも薄暗かった。「南向きの部屋で押入れが付いて、この附近で一万五千円はめっけもんだ」と近くの不動産屋が言った通り、部屋は「南向き」というのが最大の売りであったが、その割には期待したほどの明るさが入ってこないのである。

そのわけは、窓の造りと、塀の向こうの隣家との関係にあった。確かに窓は南側にあるのだが、高さ百五十センチの木枠の窓が二枚付いているだけで全体に小さい。それだけならまだ我慢できる。ところが窓を開けて驚いた。

隣家の裏庭に建てられた鉄骨の物干し台が、窓の近く四、五十センチの所に迫っていて、しかも物干し台の床の方がこっちの窓枠の下の位置より五十センチは高いのである。お陰で射し込んでくる光の量が、三分の一は割引きされてしまうのだ。吾一は、自分の人格まで値切られたようでがっかりした。

せっかくの休みの朝、畳の上に布団を敷いて寝ていると、「ギーコ、ギーコ、ザア、ザア」という水を汲み出す音で目を覚す。背中の下から聞こえてくる気忙しい音である。階下の洗濯場でアパートの主婦たちが洗濯をしているのだ。シーツや布団カバー、カーテンなど大物を洗濯するには便利で、しかも水がただだから人気が高く、ほとんど午前中いっぱい、この水汲みの音が聞こえるのである。

吾一は畳の上で寝るのを諦めた。押入れの中間の棚に布団を敷き、その上で寝ることにした。スプリング付きの高級ベッドとは比べようもないが、結構いい思い付きであった。いちいち布団を敷いたり、押入れに上げたりする必要がないのが気に入っている。

　不満はいくつもある。それでも、ここを出ていかない理由は、ただひとつ、ここは家賃が安いのだ。比較的都心に近く、駅から徒歩十分以内、四畳半で月一万五千円というのは格安であった。独り者だし、休みの日以外ほとんど家にいない吾一にとっては、まあまあ我慢できるとしなければならなかった。

　吾一の勤務先は中堅の警備会社で、会社のビルや工場、倉庫の保安や、道路工事中の警備などを請け負っている。従業員は一応、五十人ということだが、半数近くは臨時の雇用であるようだ。したがって勤務体制もばらばらで、一週間平日勤務が続くこともあれば、夜間の仕事が一週間続くこともある。

　夜間勤務が続いた後は、二日の休みがある。本社事務所は新宿駅西口から十五分ほど歩いた旧いビルの二階にあり、入口に「城西警備」と書かれた木の看板がぶら下がっている。他の会社に寄生して食っているような存在感のない会社で、人様に自慢できるような職場ではないが、通勤時間が四十分と比較的便利で、人と接触して交渉したり、駆け引きしたりして、あまり神経を使うこともなく、その点では気に入っている。

彼は二十九歳の現在に至るまで、さまざまな仕事に就いてきた。役場の職員であった父は、彼が中学二年生の時に亡くなっていたので、経済的に頼れる人もなく、彼はアルバイトをしながら地方の大学を卒業した。就職活動に当たって、母一人子一人、母と離れるわけにいかず、地方公務員や銀行など安定した職場を希望したが、当時は永年の不況で、就職難の折柄、競争が激しく、有力なコネもなかったことで、地元の農協に採用された。

少々不満はあったが、働き口の少ないこの地方にあっては、まだ安定した職場であったから、母は近所の知り合いを呼んで就職祝いをしてくれたものである。

労務契約に当たって、組合長は「比較的温暖な気候と、肥沃な平地に恵まれた米作を中心としたこの地の農業は、永年に亘りこの地の経済を支えてきた。しかし、今農業は曲がり角に立たされている。何百年も続いてきた農業を守り、組合の中核となって、粉骨砕身農家の指導に努め、地方経済の復興を担ってもらいたい」と訓示したものである。

彼は農協の信用事業部門に配属された。給与は月五万円足らずだったが、組合長の言葉に触発されて大いに働いた。農業経営に意欲のある若手を中心に、経営規模の拡大や、多角化などに、事業立案や金融面で相談に乗り、積極的に融資した。

　ところが、国は産業や経済のグローバル化と称し、オレンジや牛肉の自由化、米の減反を迫り、安価な農産物や木材の海外からの流入などもあり、農業経営が困難になり、離農者が相次いだ。規模拡大に意欲的だった若手経営者を中心に自殺者が増え、手数料収入の減少や不良債権の増加などで、農協自体の経営も立ち行かなくなった。そして全国各地で農協の統廃合の嵐が吹き荒れた。

　吾一の農協でも、人員整理で希望退職が募られ、彼もそれなりの責任を感じていたうえに、二年前に母が亡くなったこともあり、希望退職に応じ、わずかな退職金を手に東京に出てきた。東京は昭和三十九年の東京オリンピックの後で、人口の一極集中がピークを迎え、街は活気にあふれているように見えた。だから、チャンスに恵まれれば、相応の職場に就けるかもしれないと思ったものだ。

　しかし、実際はかなり難しいことが分かった。

　大手企業は履歴や経験の条件が厳しく、無名の地方大学出身で元農協職員では相手にされなかった。仕方なく中堅の食品会社、商事会社、不動産金融の会社に雇用されたものの、バブルがはじけ、次々に倒産した。止むを得ず一時しのぎのつもりで、今の警備会社に就職したのだ。それでも、もう四年になる。

人生は思い通りにいかないもののようで、「こんなはずではなかった」「もっと違った人生を」と思いながら終わってしまうのだろうか。自分は生まれつき楽天的な性格で、「人生はある程度、運命に支配される」という運命論に与する気はないから、もう少し息を長くして、環境が好転するのを待つしかないようだ。

（二）

朝、隣家の物干し台の床を忙しく動き回るスリッパの音で目覚める。「ペタ、ペタ、ペタ」と神経にくっ付いてくる粘着性のある音だ。カーテンを透して人の動き回る影が見える。時計を見ると八時前だ。今日は休みだ。しかし何曜日か分からない。七日とか八日ごとの休みだから、曜日の観念が薄いのだ。

五月というのに空気が冷めたい。物干し台に人の気配がなくなると、朝の空気を取り込むために、起き上がってカーテンと窓を開けた。

「チェッ、またか、よくやるもんだ」

彼は舌打ちをした。隣家の女がやたらと洗濯物を干しまくっている。彼の窓に平行して四メートルの物干し竿が五本かかっているが、そのいずれの竿にも色とりどりの衣類が隙間なくぶら下がっている。これでは光どころか息が詰まる。

薄いピンクやベージュのパンティ、水色のシュミーズや黄色のブラジャー。派手な柄付きのワンピース、ネグリジェにズボン。あらゆる形状、色彩の洗濯物が何の脈絡もなく、勝手気ままに干されているのである。

不用意に窓から顔でも突き出そうものなら、濡れた下着で鼻先をなでられそうである。無神経というか、挑発的というか、隣家の女の人となりが窺われる。

こう毎回大量に洗濯するからといって、きれい好きというわけでもなさそうだ。度の過ぎたきれい好きというのは、どうも信用がおけない。何かのストレス解消のためか、嫌がらせのためにやっているとしか思えない。とにかく憂鬱だ。

吾一が隣の洗濯物を恨みに思うのは、部屋に光が入ってこないせいばかりではない。彼も休みの日は、ささやかではあるが、洗濯をしなければならない。ワイシャツやシーツはクリーニング屋に頼むとしても、肌着は自分で洗濯することにしていた。窓の外の軒下に洗濯ロープを張って、パンツだのTシャツだの靴下などを干すことにしていた。

昼近くに洗濯して、ピンチでロープに挟んで干すのだが、翌朝までには乾かない。女の娘で中学二年生くらいの女の子が洗濯物を取り入れにきた後の、午後四時頃でないと、日射しが当たらないのだ。扇風機で乾かすわけにもいかない。

翌朝、まだいくらか湿っぽいパンツをはいて勤めに出ることになる。電車の中で妙に冷たくしっとりとしたものが肌にくっついてくる感じだ。着ている間に体温で乾くものの、どうも気分が晴れればれしない。

できれば、相手の女に文句のひとつも言ってやろうと思うのだが、女とは顔を合わすことが滅多にない。勤めの時は、吾一の方が朝早く出てしまうし、休みの日は彼がまだ充分目覚めないうちに、女の方がさっさと洗濯物を干し終えて下に降りてしまうのだ。

「南向きで日当たりがいいと聞いていたのですが、日射しどころか洗濯物も乾かないのですよ」

吾一は家賃を持っていったついでに、大家に文句を言った。

「南向きは、南向きなんだから……貴方の方から、それとなく注意したらどうです」

大家はまるで取り合わない。

仕方なく彼は、貼り紙をすることにした。文面はこうである。

〈隣の住人よりのお願い〉

「洗濯物をあまり窓に接近して干されると、光が当たりません。一番窓際の物干し竿だけでも干すのをやめていただけませんか　宮田」

彼は、この貼り紙を物干し台の四角い鉄骨の柱のむこう向きに貼りつけて、状況の改善するのを待った。しかし、この行為は、どうも相手を刺激しただけのようだった。次の一週間も、また次の一週間も何の変化もなかった。相手の目の高さに貼ったのだから、見えないはずはない。

無視されたのである。仕方がないので、前の分を剝がし新しいものを貼った。それには次のように書いた。

〈隣の住人より再度のお願い〉

「一番窓際の物干し台には、せめて短い洗濯物だけ干していただけませんか　宮田」

次の休みの日、吾一が窓を開けてみると、例の柱にこっち向きに貼り紙がしてある。こっちの眼の高さに貼ってあるところをみると、見やすいように少しかがんで貼ってくれたようだ。

その点は、気を遣っているようだ。しかし、文面は素気ないものだった。

〈そっちの家は、この物干し台より後から建った違法建築です　永井〉

黒いマジックで、それだけ書いてあった。つまり、そっちは違法建築に住んでいて、しかも後から建ったのだから文句を言う資格がないというわけだ。やはり向こうは、こっちの部屋に言い分を持っていたのだ。

吾一は諦めた。彼にも弱味はある。ここが嫌なら引っ越せばいいのだが、ここより家賃が安い所は、そうそう見つかるものではない。違法建築で密告されないとも限らない。

ひょっとして、女の方でもここの家賃がいくらくらいか知っているのかもしれない。いや、きっと知っているに違いない。不動産屋に聞けば分かることだ。そして、こういう安い部屋にしか住めない住人を軽視しているのだ。

世の中には、収入の多い少ないで、相手の人格まで決めてしまう人間がいるが、彼女もそういう種類の人間の一人であるらしい。それを今更「けしからん」と、とがめても都会ではある程度仕方のないこと、元々見ず知らずの他人なのだから、見掛けや収入で人の値打ちを判断するのも止む得ないことなのだ。

しかし、この貼り紙の遣り取りは、彼と隣家との間に何らかの関係を生んだ。少なくとも隣にどんな人間が住んでいて、どんな不満を抱いているか分かった。たとえ友好的な文面ではなかったとしても、お互いに言い訳を主張し合ったことは事実である。

隣家では〈隣に、あまり金廻りのよくない独身の宮田という男が住んでいて、日射しが当たらないことでいらいらしている〉ということは分かったはずだし、彼の方は今まで不満の対象でしかなかった隣家に、ある程度の関心を持たざるを得なくなった。憎しみさえ起こり得ない隔離された都会でこれは希有なことだ。

(三)

隣の女は、三十四、五に見えた。飛びっ切りの美人というほどでもないが、丸顔で目鼻立ちのはっきりした並み以上の女であった。女とは面と向かって会ったことはなく、週に一度か二度、ガラス窓越しに見るだけだった。見た時はいつも、もう少しでお尻のふくらみが覗けそうな短パンを履き、上から長袖のシャツを着流しにしていた。

短パンから形の良い白い脚が伸びていて、それが自慢のようだった。

彼女は朝が苦手のようで、九時前になって眠そうな顔をして洗濯物を干しに来る。衣類がいっぱい入った深い洗濯籠を両手に持って、さもだるそうに階段を上がってくる。そして奥の物干し竿、つまり吾一の部屋に近い物干し竿の片方を肩に掛け、籠の洗濯した衣類を次々に干していく。しかし干し方に熱意というものが感じられない。手当たり次第に干しているのである。

家に入ってしまうと、女はほとんど姿を見せない、掃除をしたり、買物に出掛けたりする様子はない。つまり家庭的でないのだ。

女は午後三時過ぎになると、濃いめの化粧をして、和服に着替え、急ぎ足でどこかに出掛けていく。そういう時は、いつになくきりりとしていて別人に見える。

女には「はるか」という女の子がいた。女が用を言いつける時、名前を呼ぶので覚えてしまった。彼女はしっかり者で働き者だった。

彼女は、母の足りない部分を補っているようで、家事のかなりの部分を引き受けていた。

彼女は、朝八時には洗濯物を持って上がってきた。洗濯物の干し方などは、娘の方が手際が良く、どっちが干したのかひと目で分かった。

　干す番に何らかの決まりがあるらしく交替でやっていたが、取り入れはいつも娘の仕事とみえ、四時頃になると、必ず娘が登ってきた。

　娘は例の洗濯籠の中に干し物を納め終えると、決まって植木の見廻りを始める。物し干台の向こう側の手摺りに沿って備え付けの園芸棚があり、彼女は腰をかがめながら植木の具合を見て歩いた。葉っぱの裏をひっくり返したり、枯れかかった葉を除いたり、消毒したり、余分な芽を摘み取ったりしている。これらの作業は、いかにも手馴れた様子で、とても少女の仕草には見えなかった。

　植木の見廻りが済んだ後も、かなりの時間をそこで過ごした。彼女にとっては、この物干し台は恰好の気分転換の場所であるらしい。彼女は、昼間は隣家には誰もいないと思っているから、つい少女らしい素顔を見せることがある。

　突然、鼻歌を歌い、手と足と腰で激しいリズムをとりながら、干し台をステージ代わりに踊り、少年グループ歌手の真似をしたかと思うと、ゆるやかに回転しながら足を高く上げ、軽くジャンプして足を交叉させて着地し、さらに足を高く伸ばし、頭を低くしてバランスをとって静止したり、明らかにバレエの練習をしている。白昼、ひそかに演じられる少女の演技は、健康的で他愛ないもののように見えるし、演じている本人もそう思っているらしいが、しかし実際はかなり刺激的なものであった。

彼女は、大家の話によると中学二年生ということだったが、年齢よりませて見えた。胸の辺りはもう隠せないほどふくらんでいて、首筋から両肩にかけてのなだらか曲線は、もう明らかに女性のものであった。彼女は紺色のスカートを履いていたが、足を上げるたびに脚全体が露き出しになった。ほとんど直線的によく伸びた脚は、母親のそれより長く形も良かった。

少女は急に踊るのをやめ、西側の手摺りに背をもたれて、物思いに沈んだりする。そういう時の彼女は、はっとするほど「女」を感じさせた。カーテンの隙間から少女を見ていると、表面はまだ堅く、充分熟れていないが、ようやく色づき始めた白桃を連想させた。ピンク色の肌で、表面にはなめらかなうぶ毛が生えていて、つい触れてみたいような新鮮な欲情を感じさせるのである。

「裏隣の家は、どんな家族が住んでいるんですか」

吾一は、大家にそれとなく訊いてみた。

「旦那は土地っ子で、子供の頃からよく知っている。奴はタクシーの運転手をしていて、四年前に亡くなったんだ。嫁は東北の出身でおとなしい女だったが、三年ほど前からスナックに勤めているらしい。ちょっとしたいい女で、男好きのする顔だから、なかなかの売れっ子らしいよ」

六十をいくつか越えている大家は、探るような目をして吾一を見た。

「洗濯物を窓から少し離して干してくれるように頼んだのですが、そっちの家より、物干し台の方が先に建っていたのだと言って、はねつけられましたよ」

吾一は、女が違法建築だと言ったことは告げなかった。

「水商売で働くようになって、弁が立つようになったのだよ、きっと。以前は隣近所の人にもよく挨拶したもんだが、最近は通りで会っても知らん顔だ」

大家は女にあまりいい印象を持っていないらしい。

吾一は大家の話を聞いて、逆に女に対する腹立たしい気持ちが少し薄らいだ。若くして夫を失っていること、女手一つで子供を育て、生計を立てていかなければならないこと、そのために周りの人間に思い遣りが不足したり、近所との付き合いが、つい疎かになるのもある程度仕方がない。

洗濯物の問題も、彼の方が突然貼り紙をしたことが、女を感情的にしたのかもしれない。時間が経てば、そのうちいい方に向かわないとも限らない。たかが干し物のことで目くじらを立てる必要はない。それに、軒下の肌着が乾かないことも、どうにもならないことではない。パンツやTシャツは少し余分に買って、前日干したのを着ていかなければいいわけだ。

そういう風に考えるようになって、物干し台を歩き回るあの「ペタ、ペタ」という足音も「コツ、コツ」という物干し竿と鉄骨がぶつかる音も前ほどは気にならなくなった。

以心伝心とでもいうのか、こっちの気持ちの変化が向こうにも反映するのか、ある日、気が付くと、窓のレースのカーテンに光が洩れている。起き上がって覗いてみると、干し方が明らかに変わっている。

一番手前の干し竿に丈の短い物だけが干されている。それも手拭やハンカチ、タオルや靴下といった身の周りのもので、カラフルなパンティやブラジャー、シュミーズといった肌着類はない。明らかに選別がなされている。二度目の要望が叶えられた恰好だ。

〈さては、あの女も考えを変えたらしい〉と内心うれしかったが、実は干し方を改めたのは、娘の方であった。どうやら土・日が娘の洗濯干しの担当で、彼の要望を知った娘が、その日に限って干し方を変えたのだった。こういう場合、子供には面子というものがないからだろうか、少女の方が、はるかに対応が柔軟である。

(四)

予期しない偶然の事態が発生し、その時咄嗟《とっさ》にとった行動が、相手方に感謝され、その後の人間関係が好転したという話はよく聞く。

宮田吾一と隣家との間に、それと似たようなことが起こった。

ある日の午後のことだった。その日は仕事が休みだった吾一は、銭湯から帰って、部屋でごろごろしながら、テレビのバラエティ番組を見ていた。ゲームだか、お遊びだか分からない番組だ。番組の意図を詮索してはいけない。近頃は、こういう何のメッセージも残さない肩の凝らない番組が受けている。

ふと外を見ると、風が出てきたらしく、物干し竿の洗濯物が風に吹かれている。雲行きが怪しい。時計を見ると、午後三時半を少し回ったところだ。隣家がひっそりしているところをみると、女は勤めに出たようだし、娘はまだ学校から帰っていないようだ。

四、五分もしないうちに雨が降り出した。大粒の雨だ。躊躇する暇はなかった。吾一は入口のドアを開け、階段の所から物干し台に乗り移り、竿に干した衣類を四角い二つの洗濯籠に次々と放り込んだ。そして、その上から近くにあった園芸用と思われる青いシートを被せた。誓って言うが、彼はこの時、何の打算もなく、ごく当然のように行動した。

三十分くらいして、娘が物干し台に上がってきた。慌てて上がってきたとみえ、制服のままだった。彼女は洗濯物が籠の中に無事納まっているのを見て、ちょっと考えている風であった。

それから、こっちの方に視線を向けたが、窓が閉まっているのを見ると、二つの籠を手に持って階段を下りていった。

翌日会社から帰ってみると、部屋の入口に小さなビニール風呂敷に包んだ折箱が一つ置いてあった。「洗濯物ありがとうございました。手作りで、つまらないものですが、召し上がってください」と書いた紙がつけてあった。

中には鶏の唐揚げ、野菜のテンプラ、ポテトフライが詰め合わせになっていた。彼はそれを二度に分けて食べた。それは、永く忘れかけていた家庭的で素朴な味であった。おそらく、この時からだと思うのだが、いつの間にか窓際に近い物干し竿が遠くに移動していた。

八月になったある早朝、いつものように出勤の準備をしていると、軽く窓を叩く音がする。顔を出してみると、隣の親子がよそ行きの服装をして立っている。

「こんな時間にすみません。実は、お願いがあるのですが」

女は言いにくそうに切り出した。

「実は私共、今日から秋田の私の実家に行くのですけど、娘が夏休みの間しばらくあっちで過ごすものですから、いえ私の方は五日くらいで戻るんですけど、お願いというのは、私共の留守中植木に水を遣ってほしいのです。娘が宮田さんに頼んだらと言うものですから」

親子は深々と頭を下げた。

「いいですよ。朝だけでいいんですか」

吾一は、早朝娘が大きなトタン製の如雨露《じょうろ》で植木に水をやっているのを知っていた。

「朝だけでいいんです」と、今度は娘が答えた。

吾一は引き受けた。朝だけなら出がけに、バケツに水を持って上がればいい。五、六分もあればできそうだし、たかが五日くらいなら大した負担にはならないと思った。

「水は私共の家の勝手口の近くに水道の蛇口がありますから、そこから汲んでくださ い」と女が言った。

「しかし若いのに、娘さんは植木の面倒をよく見ますよね」

吾一の率直な感想であった。

「ええ、亡くなった主人が大事に育てていたものですから」と女は神妙な顔でうなずいた。

親子が、いなくなった翌朝から、吾一は隣の家の植木に水をやることになった。

まず自分の階段の最上部から手摺りにつかまってフェンスを越え、物干し台に登る。干し台の東側正面の鉄製の階段を例のトタンの如雨露を片手に勝手口のところまで降りていく。なるほど勝手口の左横に水栓が立ち上がっている。水栓を開いて水を入れる。如雨露は考えていたより、はるかに大きく六リットルは入りそうである。

水の入った如雨露を片手に急ぎ足で階段を上ってきて、再び物干し台の上に立ち、いざ水を遣ろうとして驚いた。植木の数が、彼が予想したより格段に多い。百鉢はある。しかも、その鉢植えがどれも手入れが行き届いていて、見るからに値打ちがありそうだ。花屋の店先で特価の札がついて売られているようなものと明らかに違う。年代を経ているのだ。

半数以上が盆栽で、松、梅、紅梅、欅《けやき》、楓《かえで》など形を整えられた、いわゆる大木である。櫟《くぬぎ》、水楢《みずなら》などを寄せ植えして林を連想させるものもある。桜、林檎、桃など花と実を楽しむものもあれば、観音竹や万年青《おもと》、蘭などの観葉植物の鉢もある。これらの鉢が物干し台の南側からコ字型に設置された三段の園芸棚に整然と並んでいる。

彼は階段の近くから順に水をやっていった。

途中で水が切れた。もう一度階段を往復して水を運んだ。四、五分どころか十分以上かかった。たかが水遣りと気軽に引き受けたが、請け合ったのが五日でよかったと思うと同時に、毎日欠かさず水遣りしている娘の植木に対する並々ならぬおもいを感じた。

水遣りは大変だったが、吾一はそれ以上の余禄を手にしていた。干し台に洗濯物が一切ないから、窓いっぱいの青空が覗ける。窓を開け放つと押入れの近くまで光が射し込む。何より部屋が明るく、からっとしている。

次に日々の生活空間というか、行動空間いうかが広がったことだ。彼は、これまで近所との付き合いは全くなかった。操舵室のような四畳半の部屋に独り、階下や隣家の音を気にしながらひっそりと暮らしてきた。

それが今、物干し台に自由に登れる。物干し台の上からもう少し広い世界を見ることができる。階段を下りて隣家の勝手口まで行けるし、大事な植木の管理も任されている。女二人は自分を信用している、でなければ水遣りなど頼むはずがない。

吾一は、隣家と自分の部屋との間の空間を支配しているのである。

夜会社から帰ってひと息つくと、物干し台に登る。そこには、ほてった体を冷やすのに心地よい自然の風があり、夏の星空が見える。彼は学生時代、中古で買ったオペラグラスを押し入れから取り出し、星空を見上げることにした。

十年ぶりのことである。床にシートを敷いて仰向けになり、グラスに眼を当てると、別世界が飛び込んでくる。低く赤い星、中層の明るい星、高くチカチカまたたいている星。それが幾重にも重なり、まるで奥行きのある万華鏡を覗いているようだ。今自分が、よそさまの物干し台の上にいることなど忘れ、宇宙の彼方に引き込まれていく。

疲れたら、そのまま眠る。ふと冷気を感じて目覚めると、真夜中である。近くの家々の灯は消えていて、彼の部屋だけが明るい。広い闇夜に、ぽつんと取り残された行燈のようだ。彼は慌てて足から辷《すべ》り込むようにして自分の部屋に戻っていくのだ。

（五）

五日目の夜は、七時過ぎに帰宅した。親子と約束した最終日の夜である。しかし、隣家には明りが点いていない。寝てしまったには早過ぎる時間である。やはり滞在予定が延びたのだ。

あの女にしても久し振りの里帰りだ、二、三日延びても不思議ではない。

吾一は、この夜も物干し台に登った。オペラグラスの他に携帯ラジオと缶ビールを一缶持って登った。ナイター放送を聴き、ビールを飲みながら、星空を見て一日延びた最後の夜を過ごそうと思った。何だか、えらく贅沢なことをしている気分であった。すっかりリラックスしていた。そのうち寝入った。

どれくらい眠ったのだろう。近くに人の気配を感じて目覚めた。星明りの中に女が立って、彼を見下ろしていた。

「三十分前に帰ったの、星を見ていたのね。いいわねえ、私も見ていいかしら」

彼女はそう言って、慌てて起き上がろうとする吾一を押し留めて、シートの上に座り込んできた。

時計を見ると、九時過ぎであった。彼女はついさっきシャワーを浴びてきたらしく、髪が少し濡れていて、体から石鹸の香りがした。

「すみません。帰りは明日かと思いましたよ。どうぞ、どうぞ」

吾一は半分身体を起こし、首からぶら下げたオペラグラスを彼女に手渡し、腰をずらして少し席を譲った。

「あら、きれい。まるでプラネタリウムにいるみたい」と女は驚きの声を発すると、

「北斗星と北極星はどこ？　私の知ってるのは、それくらいよ」と訊いてきた。

吾一は北天の大熊座の七つの星と、その先の天球の北極に近い小熊座の首星である明るく輝く星を指さした。オペラグラスを顔に当てた女の髪が彼の方に迫ってきた。

「そうねえ、やはり柄杓の形をして七つ並んでいるわ、昔見たのと変わらないのねえ」

と言って女は、しばらく見入っていた。

「あっそうだ。ちょっと待ってて」

女は急に何か思い出したらしく、家の方に階段を下りていった。吾一は多少の戸惑いを感じながら座っていた。女はすぐに戻ってきた。片手に大きなビニール袋をぶら下げていた。

「はい、これはお土産、植木の面倒を見ていただいてありがとうございました。はるかからも、お礼を言っといてくれって」

女はぺこんと頭を下げると、中からもう一つの袋を取り出して彼に手渡した。

「面倒など見ていませんよ。ただ水をやっただけですから」

彼は逆に恐縮した。〈それに、ここを自由に使わせてもらって〉と言おうと思ったが、それはやめた。

「水遣りがあったから、これまで私たち何日も家を空けられなかったのだから、ありがたかったわ」

彼女はそう言うと、ビニール袋の中から何本かの缶ビールと、いろいろなおつまみを二人の前に広げた。

「星を見ながらの宴会って、ちょっと素敵じゃない」

女は自分の思い付きに喜んだ。

「では、ちょっとだけ」

吾一は誘われるままにビールを飲んだ。女はいける口らしく、たて続けに缶ビールを空けた。

「ねえ、ねえ、オリオン座はどこ」

女は彼の方に身を寄せてきた。職業上身についた馴れ馴れしさなのか、ごく自然な仕草であった。しかし、彼の方はそうはいかない。意識するなと言われても無理である。女の胸のふくらみや長い髪、少し荒くなった息づかいが迫ってきて息苦しい。

「ほら、あの附近にある三つの星を含む辺りの星の群ですよ」

吾一はやはり北天の一角を指さした。

「三つの星って、どれとどれ」

女の上腕部が彼の腕に密着してきた。彼はこういう状況を予測していなかった。目の前に形の良い女体がある。しかも、それは良く熟れた果実のように手で触れるだけで落ちてきそうである。しかし、あまりにも無防備、彼はある危険を感じた。

彼は女との間に何らかの距離を置かなければならないと思った。

「ご主人は植木を大事にしていらしたのですね、よくは分かりませんが、あれは値打ちものですよ」

彼は園芸棚の方に目を向けた。

「そうね、主人が亡くなった時、親戚の者が三十万円で譲ってくれないかと言ったわ。でも娘が嫌がったの」

女は空を見上げたまま言った。妙に艶を失った声であった。

「それにしても、はるかちゃんはあの年でよく面倒見ますよね。盆栽の手入れは結構難しいと聞きましたが」

「植木の育て方の本が四、五冊あるの、よく読んでるわ」

「ご主人は土地っ子だったそうですね」

「あなたのところの大家に聞いたのね。私のことを良く言っていなかったでしょ」

彼女はオペラグラスを下に置いた。夜空への興味を急に失ったらしい。

「いいえ、そんなことはないですよ」と、吾一は即座に否定した。

「いいの、もうどうでも。人の評判を気にしてたら生きてゆけないもの」と言うと女は立ち上がり、吾一の部屋の方に視線を向けた。彼もつられてそっちを見た。

周りが暗いだけに、蛍光燈の点いた彼の部屋が闇に浮かび上がって見える。やけに小さくて、薄っぺらで、まるで生活感の感じられない部屋で、ただ寝泊りするだけの工事現場にありそうな部屋である。

「あなた、いつからあそこに住んでるの」

「もう一年ちょっとになります」

「へえ、あなたが隣に住んでいたなんて、ちっとも知らなかった。以前は確か学生さんが住んでたのよね」

彼女は口に手をやり小さくあくびをした後、背伸びした。

「あなた、何が楽しみで生きているの」

ちょっとした沈黙の後、女が突然言った。

吾一は返事に窮した。女がどういう意味で訊いてきたのか分からなかった。人の生き方まで踏み込んだ問いなのか、それとも何か気晴らしがあるのかと訊いているのか、はっきりしないのだ。まさか「ただ、ぼんやり生きているだけですよ」などと無責任なことも言えない。

「あなた、スナックなんか行ったことがないでしょう」

女は吾一が黙っているとまた訊いてきた。

「ありますよ、何度か」

まるっきり行ったことがないわけではないが、最後に行ったのがいつだったか思い出せない。

吾一は、飲み屋は好きではなかった。非現実的な場所で、着飾った女と客が向かい合って、お互いに本根を隠して、面白くもなんともない話をして愉快そうに笑ったり、退屈でどうでもいいことをさも深刻そうに話したりしている。そういう時間とエネルギーがひどく無駄なような気がして、それならいっそ自分の部屋でころがっている方がいい。

「じゃ、私の店にも一度来て、キャンペーン中なのよ」

女はシャツのポケットから小さな名刺を手渡した。店での名前は「かおり」らしい。

「でも、今夜は楽しかったわ。残りのビールは、あなたが処分してくれない」と言って女は行きかけた。

「それから、ここは好きな時にいつでも使っていいわよ」と付け加えた。

時計を見ると、もう十時を過ぎていた。女は「悲しい酒」の一節を口ずさみながら、階段を自宅の方に降りていった。

後に残された吾一は、水遣りのお礼に貰った土産の袋と、缶ビール、のしふぐ、さきいか、ピーナツなど残り物の入ったビニール袋を手に自分の部屋に戻った。

部屋に戻った後も、女のことがいつまでも心につっかえていた。貰ってきたものの、代わりに置き忘れてきたものがあるような気がした。

彼は非常に疲れていた。腋の下にじっとり汗をかいていた。徒労に終わった前戯の後のように空しかった。

女は明らかにその気になっていた。黙って受け止めるだけでよかった。女は嫌いではなかった。女は充分魅力的であったし、触れても拒絶されて恥をかく心配もなかった。

なぜ、そうしなかったのだろう。なぜ、急に前の主人の植木の話を持ち出したのだろう。

彼にとっては、突然の成り行きだった。前もって、この夜の状況を予測していたわけでもないし、女の体を胸の中に抱き止めることによって引き起こされるであろう、その後の事情など勘案したわけではない。そんな暇はなかった。女の体が危険なものでもあるように、反射的に手を引っ込めたのである。言わば無意識下の拒否反応とでもいうものだった。

　これについて、彼には少年時代の苦い記憶がある。小学生五年生の時、彼は桃を盗み取ろうとして、家の裏にある本家の果樹園に侵入したことがあった。日が沈み、ようやく暗くなりかけた夏の夕方だった。

　囲いの網の下から中に入ると、良く形を整えられた桃の木が四、五十本並んでいて、白い袋を被せられた桃が、頭の上に被さるようにぶら下がっており、そして桃特有の甘い香りが園いっぱいに充満していた。足元には、保水と流土防止のために牧草用のクローバーがジュータンのように敷き詰められていた。

　吾一はどれを取ろうか迷っていたが、ふと見るとクローバーの茂みの中に桃が二、三個落ちている。この時期の落果した白桃はとろけるように甘く、柔かいことを彼は知っていた。それに地上に落ちていることで、いくらかでも罪の意識が薄められる。

　彼は不用意に手を伸ばした。するとその時、手の甲に激痛が走った。まむしに噛まれたのである。彼は拾った桃を両方のズボンのポケットに入れたまま家に逃げ帰った。

みるみる手の甲が紫色に膨れ上がり、熱を持ち、頭の芯まで痛さが響いた。

炊事場で夕食の用意をしていた母は、それを見て全てを悟った。吾一を自転車の荷台に載せて村の医者に連れていった。傷は一週間くらいで完治したが、吾一が桃園に入ってまむしに噛まれたという噂は、すぐに村中に広まった。

親の日頃のしつけが悪いということで、母は大いに面目を失った。

あまり豊かでもない農家の三男坊に他所から嫁いだ母は、父が死んだ後はただでさえ本家から疎まれていたから、さぞ残念であったのだろう、治った後、手を激しく引っ叩かれた。まむしに噛まれたのも痛かったが、母に叩かれた痛さの方が永く記憶に残った。

それ以後、あまりにも無防備なうまい話には、尻込みする癖がついている。

しかし、その結果女を失望させたことは事実のようである。「でも楽しかったわ」と彼女は言った。「でも」の中に彼女の想いが隠されているようだ。女は何も彼に深い関係を迫って、亡くなった主人の役割を引き継いでくれるよう要求したわけではない。ただ、雰囲気で何となくそういう気分になっただけだ。

「あなた、何が楽しみで生きているの」と彼女は言った。あれは彼女の挑発であったのか、それとも彼に対する憐れみからであろうか。憐れみだったら余計なお世話だが、挑発だったら挑発に乗るべきだった。

吾一は冷たいタオルで顔と腋の下を拭き、水を飲んだ。しばらくして女が床に就くのであろう、隣の家の灯りがすべて消えた。

それから一週間くらいは、女と顔を合わせることはなかった。後ろ姿を見たことはあるが、彼女は忙しそう歩いていた。五日間も勤めを休んだことで、その分余分に働かされているのかもしれない。そう言えば、あれから洗濯もあまりやっていないようだ。五本の物干し竿は空いていることが多く、たまに干してあっても二本だけだ。植木に水だけはやっているのだろうが、いつやっているか見たことがない。

夜は夜で、帰りがずいぶん遅いようだ。以前は遅くとも十一時には帰っていたようだが、ここのところ十二時近くになっても家に灯が点かないことがある。娘がいないからいいようなものの、娘が帰ったらどうするのだろう。

でも彼には、それをとやかく言う立場にない。彼は反射的とはいえ、彼女の「体」の申し出を断ったのである。女に恥をかかせたのだ。

このまま時間が経てば、彼と隣家との関係は元の近くて遠い隣人に戻るのであろう。

しかし彼女の彼に対する働きかけは、そのままでは終わらなかった。

十日くらい経ったある暑い夜、吾一がクーラーを入れて、野球のナイター中継を見ていると、ガラス窓を叩く音がする。時計を見ると八時過ぎだった。窓を開けると、和服姿の女が闇の中に立っていた。女は勤めから帰ってきたばかりのようで、厚化粧のままであった。そのためか急に老けた感じであった。

「ちょっと付き合って、この間みたいに」

彼女は照れ隠しのためか、いつになくぞんざいな口調で言った。

「今日は、ずいぶん帰りが早いですね」

「早引けして来たの、つまらない客がいてさあ、喧嘩しちゃった」

吾一は複雑な気持ちで物干し台に登った。登りながら何か危ない展開が待ち受けているような予感がした。六年前に母が亡くなり、天涯孤独になって以来、彼はいつも用心深く生きてきた。係累がないことは一見自由だが、自分の代わりに責任を取ってくれる人がいない。いつも自分で責任を取らなければならない。そのことが彼を優柔不断な男にさせていた。

物干し台の上は風がなかった。遠くの方で、太鼓やお囃子の音が聞こえていた。どこかの町内会で盆踊りの練習でもやっているようだ。その単調で気だるい音は、知らず知らずのうちに少しずつ耳の中に蓄積されていくようだった。床の上には、既に敷物が敷かれ、ビールやつまみが用意されていた。

「全く、よくやるわ、馬鹿の一つ覚えみたいに」

「はるかちゃんは、盆までには帰るのですか」

「五日くらいしたら帰るそうよ。あっちの方が、居心地がいいのね。こっちじゃ、かまってもらえないから」

「バレエを習っていたのですか」

「そうピアノも習字も習っていたわ」

「ご主人が可愛がっていたのですね」

「あの人にとっては、遅くにできた子だったからか、あの子が生き甲斐だったのね」

「しかし健気で、辛抱強い子ですよね」

「そうね、我慢強いところは、主人に似たのね」

彼女は何かを払いのけるように歌の一節を歌いはじめた。歌詞を時々間違えた。かなり酔っているようだった。

「それよりあんた、私のこと、だらしのない女だと思っているのでしょう」と、女が突然言った。

「決してそんな風に思っていませんよ。女手一つで大変だなあと思っているだけですよ」

「大変だとか、大変でないかとかの問題じゃないの、私がどんなに見えるかということなの」

女は真正面から彼を見た。酔っているから目が据わっている。

「一生懸命に生きている人は、素敵だと思いますよ」

吾一は言ってしまって、あまり気の利いた答えではないなと自分でも思った。

「あたしね、別に一生懸命生きてるわけではないの。ただ仕方なくやってるだけよ」

「ご主人は事故で亡くなられたそうですね」

主人の話を持ち出している間は安全だった。彼女が夫を亡くした女性であり、娘の母親であることを意識させせなければならない。彼はこうやっていつも人を遠ざけて来た。

「人一倍用心深い人だったのにね。一家の幸せなんて脆いものなのね」

女の言葉には実感がこもっていた。三年前までは外で働く主人がいて、家ではその夫の帰宅を待つ妻と娘がいる平穏な暮らしがあったのであろう。

「私の母がいつも言ってたわ。世の中って海に漂う小舟みたいなものだ、舟底一枚下は地獄だと」

彼女はそう言って溜息をついた。

いつの間にか太鼓やお囃子の音が消え、代わりに盆踊りに欠かせない炭坑節や花笠音頭が聞こえていた。女は生あくびをした。

女は、酒はあまり強くないらしい。首筋から目尻の辺りまで赤く上気していて、肩で呼吸をしている。女が酔った時に見せる、どこか気だるいような無防備な表情をしている。

「私もう疲れちゃったわ」

彼女はふとそう言った。吾一には女が人生に疲れたと言っているのか、仕事で疲れていると言っているのか分からなかったが、どうやら後の意味であったらしい。

「もう家に帰って寝なきゃあ」

彼女は腰を上げて立とうとした。しかし立てなかった。よろよろと吾一の方に倒れかかってきたのである。

彼は咄嗟にそれを受けとめた。柔らかな丸味を帯びた女の体が腕の中にあった。

「階段を下りられそうにないわ、一緒に下りてくれない」と、女が荒い息の下から言った。

吾一は自分の肩を相手の腕の下に当て、右腕で腰を抱きながら、そろそろと階段を下りた。階段の幅は九十センチ足らずで、二人はほとんどくっつくようにして下りなければならなかった。歩行能力を失った女の体は重く、汗ばんだ腋の下から強烈な女の臭いが発散されている。ようやくのことで階段を下り、最後の階段に腰を下ろしてひと息入れていると、「中まで連れていって。誰もいないのよ」と女が細い声で言う。

薄明りに見える女の家は全体に暗く、奥のリビングのカーテンに小さな灯りが点いているだけだった。

吾一は躊躇した。このままでは、あらぬ方向に引っぱられてしまい、抜き差しならない状況に陥るのではないかと危惧した。しかし、このまま放っておくわけにもいかない。勝手口のドアを開け中に入った。廊下のカーテンは降ろされており、薄い灯が点いている。言われた通り、突き当りの手前のドアを開けると、そこはベッドの置かれた寝室であった。

吾一は息を切らしながら、女を奥のベッドに運んだ。

「抱いていいわよ」

女の吐く息が耳に当たった。

しかし、彼は女の腰にあった手を放し、首に巻かれた女の腕を解き、立ち上がった。

女は何が起こったか、一瞬呆気にとられたように目を開けた。それから、ふと笑った。彼の心の動きを理解したような笑いであった。

彼は逃げるようにして自分の部屋に戻った。

経験豊かな女性に、男としての未熟さを笑われたような情けない気分であった。しかし、一方では何事もなく戻ってほっとした。

とにかく、人間関係は滑りやすい稜角の上に、危なっかしいバランスで成り立っている。一度、一方に体を載せ過ぎると、どこまでも滑り落ちる。巧妙に仕掛けられた誘惑には、気を付けなければいけない。

しかし、冷静に考えてみると、女のエゴや打算ばかりを責められない。女が、彼を物干し台に誘った時から、彼も女の意図はある程度知っていた。それでも階段を二人で下りていった。下りながら、考えていた。

〈自分はまだ若い。今はあまり恵まれていないが、そのうち、どんな展開が開けないとも限らない。子持ちの女につかまって、亡くなった主人の代わりをさせられるのは困る〉

しかし後が悪い。勝手口で引っ返せばいいのに寝室まで運んでいった。あの時はケチな打算があった。女の体は充分魅力的であったし、もし一方的に女が体を提供するなら、貰ってもいいいと思った。負担のない贈与、つまり無償《ただ》なら、いただいても良いと思ったのだ。

今考えると、あの時の女の笑いは、それを知った笑いであったようだ。
四、五日して娘が帰って来た。娘は自分の留守中に、母と吾一の間に起ったことを知らない。朝、起きてみると、彼の部屋の入口のところに、秋田名物の干柿のセットが置かれてあり、「留守中いろいろありがとうございました」と、はるかの手で書かれた紙が貼ってあった。
はるかは以前と同じように、洗濯物を干したり、取り入れたり、植木の面倒を見たりしていたが、学校が休みのせいで、物干し台で過ごす時間が長くなっていた。百鉢近くの鉢に水を遣ったり、消毒したり、小型のハサミで剪定したり、一時間以上掛かるようだった。それが済むと、日陰で本を読んだり、携帯ラジオを持ち込んで音楽を聴きながら、アップテンポの曲に合わせて手足を激しく動かすこともあった。

制服を脱いでいるせいか、彼女はこの二十日余りで一層女らしくなった。夕方、浴衣を着て登ってくることがあった。彼女はしばらくフェンスに寄りかかり、暮れていく街の様子を眺めていたが、どこか遠くを見ているような姿は、はっとするほど〝女〟を感じさせた。

女とは、もう一週間以上顔を会わせていなかった。残りの夏休みの間、娘が家事一切を引き受けてくれるから、物干し台に登ってくる必要もなくなったようだ。

仮に顔を合わせたとしても、軽く会釈するくらいで何も起らないであろう。女は切り換えが早い。女にとっては、通り過ぎた過去はあまり意味がない。女が関心があるのは、いつも「今」と「これから」なのだ。

吾一は少しむなしい。たとえ、特別な関係にならなかったにしても、一人の女性からの関心も失ったことは、やはり寂しい。

（六）

九月の初めの頃からだと思うのだが、隣家の前に白い乗用車が駐車するようになった。タクシーのようである。吾一が休みのたびに、駐車しているところを見ると、おそらく毎日来ているのだろう。

初め女がタクシーを呼んだのかと思ったが、そうではないようだ。車は昼前に来て、一時過ぎに出ていく。女が乗って出る様子はない。

女は、それから二時間ほど経ってから以前通り歩いて勤めに出ている。時間から見て、どうも昼食を食べに来ているようだ。主人の元同僚で、ごく親しかったタクシーの運転手がいて、手持ちの弁当を食べるのにお茶でも飲ませてもらっているのかもしれない。とすると五十くらいの年輩の男であろう。

男が車から降りるところを見たこともなければ、顔も見たことがない。いつの間にか停車しているのである。たとえ降りるところが見えたとしても、この部屋の角度からは足元しか見えない。勝手口の張り出した屋根に阻まれ上半身が見えないのだ。

週のうち、土・日・祭日は運転手が仕事が休みなのか、忙しくて昼食をゆっくり摂る暇がないのか、タクシーは停まっていない。土・日・祭日は娘が家にいる日であるとすると、娘がいない日を選んで来ているとも考えられないことはない。娘はこのことを知っているのであろうか。この疑問は、間もなく明らかになることとなった。

ある日の昼頃、吾一が遅く起きて、窓の近くに立って、洗った髪を乾かしていると、隣家に入ってくる道路の向こうに、娘のはるかの姿が認められた。学校が早く終わって帰ってくるところだった。道路が少し曲がった家の生垣の所まで来ると、はるかの足がぴたりと止まった。彼女は家の前のタクシーを見ると、今来た方に引き返したのである。彼女はどうも今、家に帰るのを嫌がっているようだ。

吾一はサンダルを引っかけ、一度平和荘前の道路に出た後、左折して裏の通りの角の所まで歩いていった。

通りから奥に入る道路と、隣家に行く横の道路と交叉する十字路の近くに小さな公園がある。

砂場があり、すべり台、鉄棒、ぶらんこなどが設置された目立たない公園であった。

少女は独りぶらんこに腰掛けていた。視線は空中に置いたまま、漕ぐでもなく、ただぼんやり時間を潰している。彼女は二度ほどぶらんこを降り、公園の柵の植込みの所まで歩いていって自分の家の方を見た。そしてまた戻ってきた。結局四十分くらいして、車がいなくなったのを確かめた後、家に戻っていった。

少女が、自分の家に来ているタクシーの運転手の存在を知っていて、しかもその男は彼女にとって歓迎されざる人物であることは明らかであった。タクシーの運転手は、彼女の父の親しかった元同僚でも、また弁当を食べに来ているだけでもないようだ。もし、そうなら彼女が嫌う理由はない。吾一はこのタクシーを注意するようになった。注意するといっても車が来た時間と、出てゆく時間をそれとなくチェックするだけである。

タクシーが駐車している時間が日増しに、だんだん長くなったようだ。来る時刻は変わらないのだが、出てゆく時刻が二時近くになり、時々は女が勤めに出掛ける三時近くまで駐車していることがある。

女はタクシーがいる間、全く姿を見せない。

それでなくても、最近物干し台に登ってくることが滅多になくなっていた。生活のパターンが明らかに変わったようだ。

隣家は不思議なくらい静まり返っている。

九月とはいえ、強い日射しが容赦なく照りつけ、時間も人の動きも停止して間延びしたような昼下がり、同じ屋根の下にいる二人の男女が、何をしているのか窺い知ることはできないが、それはやはり尋常ではない。

白いレースのカーテンが降りた中庭に面した廊下を、時々人影が横切る時がある。体の大きさからして、男のようである。上半身裸のようでもあるし、ランニング姿のようでもある。

彼はすっかり寛いでいるようだ。年はいくつくらいなのか、どんな顔つきなのか皆目分からない。ところがある日、図らずもこの男が近所の人の目に晒されることになった。

隣家のある通りの奥の家で引っ越しがあった。午前中から大型のコンテナ車が来て、家財道具一切を積み込んで、昼ちょっと過ぎた頃、通りを出ていこうとしていた。コンテナ車はゆっくり移動して来た。ところが隣家の家の前まで来ると、停止してしまった。ただでさえ、さして広くない引っ込み道路で、路肩にタクシーがはみ出している。しばらく停車していたコンテナ車は、そのうちクラクションを鳴らし始めた。

普通なら、ここでタクシーの運転手が出てきそうなものだが、なかなか出てこない。しびれを切らしたコンテナ車は少しずつ前進を始めた。タクシーと、もう一方の家のブロックの間を何とか通り抜けようと思ったらしい。ところが進み始めて十メートルも行かないうちに、何か物が潰れる鈍い音がして車は止まった。

しばらくして、通りで怒鳴り合う声が聞こえた。

吾一は部屋の鉄階段を二、三段下りた。そこからだと隣家の廂《ひさし》の下から向こうの通りが良く見えるのである。

「何年運転をやっているのだ。通れるか、通れないかひと目で分かるじゃないか」

「こんな狭い道路に、はみ出し駐車しているのがおかしい」

コンテナ車の男も黙っていない。

「通れなかったら、どかしてくれと言えばいいじゃないか」

「何度もクラクションを鳴らしたのに、一向に出てこなかったじゃないか」

二人の男が向かい合って口論を始めている。

タクシーの運転手は、思っていたよりずっと若い。三十を二つ三つ越えたばかりの大柄のがっしりした男だ。顔は少し赤ら顔で、顔面の肉が厚い男である。彼は急いで出てきたと見え、ランニングにステテコ姿であった。

一方、コンテナ車の男は二十三、四の眼鏡をかけた痩せ型の男である。二人の体力差から見ると、コンテナ車の男に勝ち目はないように見える。いつの間にか隣近所から野次馬が大勢集まって、事の成り行きを見守っている。

「奥で引っ越しがあることは、朝のうちから通りの入口に看板を立てて知らせてあるはずですよ」

コンテナ車の男は周りに同意を求めた。

「駐車中の車に、お前の方が一方的に当たっているのだから、お前が悪いんだよ」

タクシーの男は断定した。彼はこういう場面には場馴れしているらしく、すこぶる落ち着き払っている。

こういう場合、どっちの言い分に、分があるのか分からなかったが、吾一はコンテナ車の運転手を応援したくなった。

そのうち、何とか話がついたのか、タクシーが通りの角まで一度バックして、引っ越し車がようやく通りの角に消えた。タクシーは、しかしその後も同じ所に駐車していた。

この事件があってから、タクシーは一層長く駐車するようになった。自分が隣家に来ていることが近所中にばれて、かえって公然と振る舞えるようになったようだ。

この運転手が一度物干し台に登ってきたことがある。いつか見たようにランニングにステテコ姿で、口に爪楊枝をくわえていた。男は、辺り四方を見まわした後、丸椅子に腰掛け、くわえていた爪楊枝を勢い良く吹き飛ばした。そして、それが狙った通りに一メートルくらい先にぶら下がっている薄いピンクのパンティに当たると、彼はにやりと笑った。

それから、男は良く手入れされた植木が並ぶ園芸棚や、その下の方に見える母屋の方に眼をやりながら、煙草に火を点け、さも満足そうに吸った。まるで「俺はこの家を征服したぞ」とでも言いたげな得意の表情をしていた。

吾一は、こういう態度のでかい男が嫌いであった。こういう男に限って精神構造が単純で、人情の機微などまるで分からないのだ。しかし一方で、前後のことを深く考えないで、自分の欲望のままに生きるこういう男を羨ましいとも思った。

〈よくまあ、こんなくだらん男を家に引き入れたものだ。だとすれば、あの女も大したことはない〉と彼は女に対して八つ当りしてみたり、〈どうせ他人事ではないか。自分はかれこれ言う立場にない〉と無関心を装ったりした。

タクシーは土曜日にも来るようになった。土曜日は、娘のはるかが早く帰る日だ。タクシーの男が自らに課していた最後の良心を取り払ったのか、それとも、女が自分と男との関係を娘に知られても仕方がないと思うようになったのか分からない。いずれにしろ、女と男の関係が一層進んだのは確かなようだ。

少女は学校から帰ると、すぐ物干し台に登る。時には鞄を持ったまま上がってくる。鞄を置くと、すぐ植木の世話を始める。

一つ一つの鉢を実に丹念に見て回り、伸び過ぎた枝を剪定したり、芽かきをしたり、固形肥料を差したり、かなりの時間が掛かる。

時には消毒をすることもある。園芸台の近くにプラスチック製の三段の引出しがあり、彼女はその引出しの一つから小さな瓶に入った消毒剤を取り出す。蓋を開け、万年筆大のスポイトで原液を吸い取り、如雨露の水で薄め、細いノズルの付いた噴霧器に移し何度かに分けて、葉の裏側まで消毒して回る。実に手馴れた様子である。

父が大事にしていたものを守ることで、父を思い出そうとしているようでもあるし、そうすることで、母と男への無言の抗議をしているようにも見える。

「はるか、ごはんだけど」

下の廊下のガラス戸を開けて母親が呼ぶ。「あとで、いいわ」と言って少女は作業を中断することはない。

彼女は明らかにあの男を避けている。少女特有の潔癖感からして至極当然のことだ。時々隣家から、母と娘の罵り合う声が聞こえてくることがある。以前はそんなことはなかった。親子で助け合いながら、平穏に暮らしていたのである。あの男の罪は軽くない。

このところ、はるかは確かに変わった。つい一カ月前までは、彼女の顔は少女らしい豊かな表情と、発散する生気に満ちていた。自分の未来の夢と期待をひそかに胸にしまっていて、不器用に隠そうとしても、包み隠せず自然と内側から、ほとばしるようであった。

今はどこかおどおどしている。彼女の身に予期せぬ事態が起こったに違いない。それは彼女の人生を揺るがすほど重大で、人生経験の乏しい少女にはどう対処していいのか分からないのである。

少女は物干し台の上で、歌を歌ったり、ダンスをしたり、足を思い切り高く上げてバレエを踊ったりすることはなくなった。

何かぶつぶつ言いながら、洗濯物を乱暴に籠の中に放り込んだり、植木の陰の椅子に腰掛け長い間じっとしていたり、夕方の薄暗くなりかけた時間に、物干し台の腰までしかないフェンスの手摺りにもたれて、遠くの空を見て溜息をついたりした。

そういう時の彼女の顔は、夕暮れの光が深い陰影を作り、いたましくも神々《こうごう》しいほどの女性美を感じさせた。あの無分別な運転手の行動が、少女の幸福の夢をこんなに早く打ち砕くのを見て、吾一は憤慨した。

時には怒りを抑え切れないのか、少女は感情剥き出しの行動をとることもあった。ある日、三時過ぎに学校から帰ってきて、車がまだいるのを見ると、彼女は鞄を持ったまま急ぎ足で物干し台に上がってきた。彼女は干し物を取り入れながら、せっかく乾いた母親のネグリジェを、風に飛ばされたように装って、庭の溝の汚水の中にわざと落した。

またある時、少女は足音を忍ばせて物干し台に上がってきた。そして用心深く四方を窺った後、吾一の大家の家の空に向かって小石を勢いよく放り投げた。突飛な行動だった。二、三秒してガラスの砕ける音がした。

続いて「誰だ！　石を投げたのは」という叫び声がして、大家がブロック塀の前に姿を現した。大家は塀に脚立を立てかけ、身を乗り出して、裏通りの空地で遊んでいる子たちに向かってまた叫んだ。

「お前たちだな、今石を投げたのは！」

大家は今にも塀を乗り越えて行きそうな剣幕であった。

少女のこのような行動は、明らかに常軌を逸していたが、吾一には理解できた。彼にも少年の日の苦い経験がある。

母と二人で暮らしていた頃、母は町の失業対策事業で日雇い労働者として働いていた。農業収入だけでは、親子二人がとても暮らしていけなかったから、月のうち半月ぐらいは、道路工事や補修、清掃などに出ていた。

この「シッタイ」事業の世話役が高井という五十くらいの男であった。高井は少し頭が禿げていた。彼は仕事の割り振りをする権限をもっていた。気に入らない者には、きつい仕事をさせたり、働く日数を削ったりしていたらしい。他にこれといった職場のない田舎にあっては、それは重大な関心事であった。

高井はよく酔ったふりをして、母のところにやって来た。母は陰では不平を言いながら、高井が酒を手に現れると、魚の干物や、いかの塩辛などを用意して応対していた。

吾一は、高井に敵意を抱くと同時に、母のあやふやな態度にも腹を立てた。彼は高井が履いて来た靴に画鋲をそっと忍ばせたり、乗ってきた自転車のタイヤに穴を空けたりした。

吾一は、母と高井の関係を疑い、わけもなく反抗して母を苦しめた。母が大事にしていた化粧瓶を床に叩きつけて割ったこともある。

（七）

九月も終わりに近づいていた。吾一は十日ほど夜勤が続いていた。都心の幹線道路の補修工事に立ち会う夜間の交通警備である。

工事は夜七時から翌朝六時まで続く。黄色い夜光塗料の太い線の入った制服を着て、手に赤い誘導燈を持って道路中央に立つ。

遠いところから、ライトを点けたおびただしい車の列が、川の流れのように押し寄せてくる。交錯する光にボディを冷たく光らせ、人間の意思とは別の生き物のようにこっちに迫ってくる。鋭い光線が、次から次へと身体の上を通過していくようだ。光の中に身を晒しているのだが、身体が透けてしまって、運転者に見えないのではないかと心配する時がある。

命の危険を感じる。年に何人かトラックに飛ばされるらしい。仲間の話によると、とても信じられないほど遠くに飛ばされるそうだ。

命の危険を感じる仕事は心が疲れる。

吾一は、夜勤のある日は窓に厚いカーテンを下ろし、午後二時近くまで眠ることにしている。それから銭湯で昨夜の汗を流し、二時間ほど過ごした後、また夕方六時には夜勤に出掛けなければならない。

銭湯から帰った後、九月分の家賃を持って大家のところを訪ねた。平和荘の他の住人は、皆銀行振込みになっているらしいのだが、彼だけがいまだにこうして家賃を持参している。大家が強いて彼に銀行振込みを求めないのには、どうやら理由があるようだ。

銀行振込みにすると、家賃収入が表に出てしまうので、税金対策上好ましくないのだ。そのくせ大家は、領収証を彼に渡す時に「最近は税金も高くなって、そのうち家賃を少し上げてもらわないと」と決まって言う。

「隣が洗濯物の干し方を考えてくれるようになり、窓に少し日が射し込むようになりましたよ」

　彼は、その後に起こった変化を正直に報告した。

「それは良かった。それは良かったが、三、四日前に裏の通りでひと悶着あったらしいな。引っ越しの車と隣家に停まっていたタクシーが衝突したらしい」

　同じ町内会だから、あの事件はもう大家の耳に届いていた。

「それで、どうなったのですか」

「結局は当てた方が悪いということで、引っ越し車の方が鈑金代三万円を払ったらしいが、あんな狭い所に停めている方も悪いんだ。女が真っ昼間、男を部屋へ引き入れていたらしいじゃないか。男も男だよ、仕事をさぼって来ているという」

　大家は吐き捨てるように言った。

「そう言えば、白いタクシーが隣家の横に停まっているのを何度か見たことがありますね」

吾一はわざと他人事のように言った。

「土、日以外はほとんど毎日来ていたというじゃないか、しかもその男が、あの女の主人の永井の元同僚の武田とかいう男だというから驚くよ」

大家はまるで汚物でもつまんでしまった時のような顔をして言った。

「最近はその土、日にも停まっているようですよ。大家さんは武田という男を知っているのですか」と、吾一はそれとなく聞いた。

「永井が亡くなった時、通夜の時も葬儀の時も手伝いに来ていたよ。よく気がつく男だと感心していたのだが、猫を被っていたのだな。奴も確か、永井と同じ地元の会社に勤めていたはずだよ」

大家は記憶を辿るように言った。

吾一は妙に昂ぶった気分で自分の部屋に引き上げてきた。〈やはり奴はあまり上等の人間ではない、あの女が自分でそれに気づけばいいが、そうでなければ知らせてやった方がいいかもしれない〉と思った。しかし、一方では〈もう、お前とは関係のない女だ。それに女が真面目に男を愛しているのだったら余計なお世話なのかもしれない。女というのは少々不良っぽく、強引な男に魅かれるのかもしれない〉とも考えた。

吾一はなぜ、これほど隣の女が気になるのか、自分ながら説明ができない。もう過ぎ去った女ではないか。少なくとも彼の方が、女を振った形になっている。今更、未練があるわけでもあるまい、むしろ気づかないふりをするのが、大人というものではないか。

気づかないふりをして、人がどういう秘密を持ち、どんな風に悲劇的境遇に陥っていくのかを見ているのも一興ではないか、と突き離してみたりもした。

しかし、二、三日すると、吾一は武田と永井が勤めていたという三協タクシーを訪ねてみることにした。もう少し武田という男を知りたいと思ったからである。

三協タクシーの事業所は、線路を挟んで駅の向かい側二キロほどのところにあった。低いコンクリートブロックに囲まれた構内は、閑散としている。大方の車は出払っているらしい。もっともタクシーは客を乗せて走って何ぼの商売、昼間に車がたくさんあるようでは営業が成り立たないだろう。

彼は事務所に足を運んだ。事務所はあまり広くないのに、がらんとしている。中年の女の事務員が二人、手持ち無沙汰そうに机に座って小型のテレビを見ていた。

吾一が中に入っていくと、女たちはなぜか微笑んだ。そして「応募の方ですか、どうぞお掛けください」と言った。二人は彼を、運転手の募集広告を見てきたものと勘違いしている。

「いいえ、実は知人を探しているのですが、こちらに武田という運転手がいたはずなんですが、ご存じありませんか」

吾一は丁重に頭を下げた。

「いいえ、おりませんが、いつ頃勤めていたのですか」と、二人の女が顔を見合わせて言った。

「二年くらい前までは、いたはずなんですが」

「私共は半年くらい前にこちらにお世話になった者ですから、それ以前のことは分かりません。それなら外にいる運転手に聞いてみられてはどうですか」

女はそう言って窓の外を見た。

外に出てみると、奥の方に洗車場があり、中年の男が二人いて、それぞれ自分の車を洗っている。

「こちらに武田という者がいたはずなんですが、どこに住んでいるか知りませんか」

二人の男は、同時に手を休めて彼を見た。

「あんた、あの武田浩三とどんな知り合いかい」と、そのうちの一人が聴いた。

吾一は、どう答えようか迷った。ただその場の雰囲気から、武田はあまり良い感じは持たれていないようだと感じた。

「ええ、以前近くに住んでいたことがあるものですから」と、吾一はつい嘘をついた。

「それで今頃、ここに訪ねてきたのは金でも貸していたのかね」

「実はそうなんです。たいした金額ではありませんが」

彼はまた嘘をついた。

「実を言うと、我々も奴の居所を知りたいんだ。我々も金を貸しているんだ」

同じ被害者ということで、何やら仲間意識が出てきた。三人は近くのベンチに腰掛けた。

一人が事務所の横の自販機から三人分のソフトドリンクを買ってきて手渡した。

「わざわざここまで訪ねてきたところを見ると、あんたが貸したのは、はした金ではないな、我々は一人三万円だけど」と、年嵩の方が言った。彼は吾一に同情しているようだった。

「ええ、まあ七万ちょっとですが、武田はここに何年くらいいたのですか」

「三年くらいおったろうか、初めは真面目そうな顔をしていたが、とんだ喰わせ者だったよ。奴に金を貸さなかったもんは、いないんじゃないか」

「何にそんなに金を使ったのですかね」

「ギャンブルと女だよ。競馬やパチンコ、何でもござれだったな」

二人は顔を見合わせた。

「ところで、こちらに永井さんという方もお勤めだったでしょう。地元の方なんですが」

「ああいたよ、でもあの人は三年ほど前に亡くなったんだ、交通事故で」

「いい人だったらしいですね」

「面倒見のいい人でね、みんなお世話になったよ」

「武田も、お世話になったようなことを言ってましたね」

こういう嘘は一度ついてしまうと、次から次に出てくるものだ。

「奴は入社した時から、永井さんの車の助手席に乗せてもらって、市内の道路や抜け道など教えてもらっていたよ。永井さんは言わなかったけど、永井さんからも金を借りていたと思うよ」

「武田は独り者だったのですか」

「なんだ、知らなかったのか。奴には派手な恰好の女がくっついていたよ」

　武田は、やはり彼が思っていたように、いい加減な男だった。なぜか、そのことがかえって彼の気持ちを軽くしていた。「それ見たことか、あんな男に引っかかりがあって」とあの女に言ってやりたかった。

〈実を言うと、奴は昼間堂々と永井さんの奥さんの所にやって来て、食事したり、長々と休養したり、いい仲になっているらしいですよ〉と二人に知らせてやりたい誘惑に駆られた。永井家から出てくるのを待ち構えていたこの二人につかまって、しどろもどろになる武田を見てみたいと思った。しかし奴は、案外けろっとしているかもしれない。

　彼は踏みとどまった。武田はこの二人に六万円は払わされるだろうが、自分のことも武田にばれてしまう怖れがある。武田はこっちの顔を知らないが、あの女に感づかれてしまいそうだ。それはやはりまずい。いくら武田がくわせものでも、一種の密告である。自分の人格に合わない。

「京南タクシーというのは、どこにあるのですかね。そこのタクシーの二十六号車に乗っていたのを見たという人がいるんですよ」

「あれは確か、北池袋の方ではないか。北部支部の営業所があの辺りにあると聞いたな」

二人は顔を見合わせた。彼は二人に丁重にお礼を言って別れた。

帰りは、駅に向かってほぼ直線的な通りをゆっくり歩いた。昼間通りをこうやってぼんやり歩くのは滅多にないことだった。

駅を過ぎた辺りから急に人通りが多くなった。この街も少しずつ人が増えているらしい。

昼下がりの歩道を買物客や学生などが往き交っている。区画整理されていない自然発生的にできた商店街だから、雑多で野暮ったい街並みだが、それがかえって人間的な落ち着きを感じさせる。

彼は遠くに視線を置いて歩いていた。すると、五十メートルほど先に、こっちに歩いてくる三人連れの女生徒に目が止まった。そして彼は、もう少しで足が止まりそうであった。その中の一人が隣家のはるかだったのだ。

はるかは、両端の二人の女の子より頭一つ背が高かった。連れの二人がせかせか忙しそうに歩いているのに比べ、彼女はゆったりとした調子で歩いているから、両方に子供を連れた大人のようであった。

彼は往き交ったらどうしようかと、どぎまぎした。「やあ」と言って手を掲げて通り過ぎるものか、「今帰りなの」と言って笑いかけるものか迷った。高校の時、中学時代に思いを寄せていた女の子に道でばったり会った時に感じた戸迷いに似ていた。

三人は何か楽しそうに話しながら歩いている。距離は三十メートルに迫ってきた。彼は、ごく普通に軽く手を上げて、「やあ、今帰り？　今日は早かったね」と言おうと決めた。

しかし、三人はそこで急に足を止めた。そして三人は、ある店の前で手を振って別れた。

二人はこちらに向かっているが、はるかは店の中に姿を消した。

はるかが姿を消した店の前まで行ってみると、そこは最近できた、かなり大きな園芸店であった。草花や野菜の苗、観葉植物や熱帯植物の鉢物から、梅、松、欅などの盆栽が奥に向かって展示されているコーナーもあれば、植木鉢や、土や肥料など園芸用品を並べたコーナーもある。

吾一も店の中に入った。観葉植物の鉢植えでも一つ買って、階段の入口にでも置いてみようと思いついたことにもよるが、本当は、はるかの様子を盗み見ようと思ったからであった。

彼女は消毒剤の並べられた棚の前にいた。大きな四段のスチール棚の上には、いろいろな形状で色とりどりの容器に入れられた、あらゆる種類の消毒剤が所狭しと並べられている。

彼女はその中から白い小瓶に入ったものを、いくつか手に取って調べていた。彼はその様子を鉢植えの陰に半分顔を隠して見ていた。

彼女は時間を気にしているようで、何度か腕時計を見ていた。吾一が自分の時計を見ると三時前であった。三時といえば、母親が出掛ける時間だ。彼女はここで家に帰る時間を調整しているようである。

彼女は思い悩んでいる風であった。色白の彼女の顔に、うっすらと赤味がさし、こめかみのところがぴくぴく動いていた。そこには先ほどまで友達と愉快そうに話していた清々しい表情は影をひそめていた。

彼女は一つの小瓶を長いこと手にしていたが、元に戻して隣の園芸用品のコーナーに移動した。彼女はそこでまた腕時計をちらっと見た後、再び消毒剤の棚に戻ってきた。それから彼女は、先ほどの白い小瓶を手に持った。そして今度は、その小瓶を持っていた鞄の中に素早くすべり込ませた。

彼女はレジを通らずに、入ってきた時とは反対側の入口から店の外に出ていった。吾一は呆気にとられていた。これは明らかに万引きであり、窃盗という犯罪である。彼は観音竹の鉢植え一つを買い、彼女の後を追って外に出た。しかし、彼女の姿は通りに見つけることはできなかった。彼が急いで部屋に帰ってみると、隣家の隣には車はなく、洗濯物も取り入れた後だった。彼はなぜか、ほっとした。

（八）

十月は夜、路上で働く者にとって辛い季節である。晴天が続き、悪天候による臨時休みがないのだ。三替代でフル稼働である。路面が乾き、軽くなった土塵が、車が通過するたびに舞い上がる。顔中埃だらけになる。早朝帰宅して泥のように眠る。午後の一時頃起きて銭湯に行く。六時からは、出勤の時間である。午後のわずか三時間余りが自分に戻れる時間だ。

彼は作業衣や手拭いや新しいマスクをバッグに詰め、ひと息入れていた。カーテンを半分開け、窓際に立ち、急速に暮れていく外の様子を眺めながら苦いコーヒーを飲んでいた。

日が短くなったようだ。五時過ぎなのに、隣家の居間に灯りが点いている。家には娘のはるかが独りいるはずだ。母が仕事から帰ってくるまでの長い時間を独りで過ごさなければならない。でも娘にとっては、この時がかえってのびのび過ごせる貴重な時間なのかもしれない。

吾一は、コーヒーカップをテーブルに置いた。

そろそろ出掛ける時間であった。彼がカップを置き、カーテンを閉めようとして、もう一度外を見た時、彼は妙な光景を見た。

一台の白い車が、隣家に向かう通りの角からこちらに向かってきたのである。その車は、音もなく近づいてくると、ゆるやかな曲がり角の生垣のある家の前で一度止まった。それからまた動き出したが、エンジンの音は全く聞こえなかった。

車はあのタクシーであった。タクシーなら、家には娘しかいないことを知っているはずである。車はまるで前からずっとそこに駐車していたように、いつもの場所に静止した。

その車の動きは、吾一に一匹の白い猫を連想させた。猫は足音を忍ばせ、体を低くして静かに獲物に接近する。そして飛び掛かれる距離まで来ると、さらに体を低くして身構える。子供の頃、飼っていたメジロを隣の猫が狙った時もそうだった。危険な奴ほどひそかに迫る。

吾一は、自分の胸の鼓動が聴こえるほど緊張した。

彼は運転手が車から降りるのを待った。でも運転手は、なかなか降りてこない。中で様子を窺っているのかもしれない。娘は気づいていない。彼女に知らせなければならない。でも何と言って？　まさか「君は狙われているよ」とは言えない。

吾一には時間がなかった。通勤時間が迫っていた。もし彼に時間の余裕があったら、会社に電話して仕事を交替してもらったかもしれない。彼は後ろ髪を引かれる思いで出掛けた。

現場に立っていても、頭から少女と車のことが離れなかった。

〈何でもなかったのかもしれない。運転手は女の娘に気に入られようと思って何か美味しい物でも持ってきたのかもしれない〉とか、〈いや、あの様子では確かに少女を狙っている。でなければ、母のいない時間を見計って来るはずがない。本当は、ずいぶん前から狙っていたかもしれない〉、などと思った。

彼は、なぜ自分がはるかのことを心配しているのか不思議だった。自分が少年時代に母子家庭の屈辱を味わって育ったから、同様の境遇にある彼女に同情しているのであろうか。

いや、まだうぶ毛の残る傷ついた小鳥を、野良猫が狙おうとしている。それを守ってやろうと思うのは、隣人として当然の心情だし、純粋に正義感から出たものだ。しかし、それだけだろうか。はるかには、輝くような若さと大人が持つ憂鬱が同居している。

その憂鬱の原因が、何であるかを彼は知っている。彼女の心は汚れのない純白なものであった。どんな美しい色にも染まるはずであった。それが、あの男のために暗い灰色に染まっていくのを見るのは堪えられない。彼女は女として美しい。彼女を見ていると、熟する直前の白桃を思わせる。芯にはまだ堅さが残るが、表面はピンクに色づいている。あの男に捥《も》ぎ取られるのは許せない。男としての嫉妬をも感じる。

翌日は土曜日だった。タクシーは、またやって来た。昨日と同じようにすり足で近づいてきた。ただこの日は、母親が出ていって二時間しか経っていない五時前である。昨日より一時間早いから、最後まで見届けられそうである。

男が車から降りた。薄いカーキ色のズボンに白い靴が見える。男は表の玄関の方に向かった。家の中に入ったようだ。しばらく何事もないようだ。家の中は意外に静かだ。

〈やはり取り越し苦労だったようだ〉

吾一がそう思った瞬間だった。突然、物が倒れるような、物が散乱するような音が隣家の居間の辺りで聞こえた。続いて人が逃げ回る音がした。

「やったな！　お前が盛ったんだな！　ちくしょう」という男のどなり声がした。

勝手口が開いて、少女が走り出てきた。彼女は運動靴を手に持ったまま物干し台の階段を駆け上がってきた。恐怖に怯えた蒼い顔をしていた。彼女はそこで靴を履き、もう一つ手に持った小さなビニール袋を、物干し台と吾一の部屋との間の四角い鉄骨の隙間に押し込んだ。

それから低いフェンスを跨いで越え、吾一の部屋の入口の階段の最上部に乗り移った。少女は急ぎ足で階段を駆け下りると、通路の向こうに消えた。乗り移る時の手馴れた様子を見ると、前に何度か経験していたようであった。

少女が通路に消えて十分もしないうちに、けたたましいサイレンの音を響かせて救急車が裏の通りに入ってきた。救急車は隣家の前で停まった。三人の白い衣服の隊員があたふたと家の中に入り、しばらくして担架に寝かされた男が運び出され、救急車に乗せられた。

吾一はこの様子をよく見える階段から見ていた。やはりあの男だった。

吾一は内心喜んだ。

〈何だか分からんが、奴は少々図に乗り過ぎていた。そうそう勝手ばかりは通らんということだ〉

武田という運転手が運ばれていった後、また十分もしないうちに、今度は警察のパトカーが一台やって来た。赤色燈が目まぐるしく回転し、附近の家々と集まってきた人々の顔を赤く染めた。

五、六人の男たちが足早に家の中に消えた。何かを探しているらしい。家の中や物置き、植込み、溝の中などを手分けして調べ廻っている。

そのうち、二人の者が物干し台に登ってくるようだ。二人共深刻な顔をしている。二人の捜査員は、植木の陰や棚の下、空鉢の中、プラスチックの引き出しなど、ありとあらゆる所を探し始めた。かなり暗くなっているから、彼らは左手に懐中電燈を持っている。

その振り廻す光が、時々吾一の部屋の窓ガラスを鋭く走った。

こっちに来るのは、時間の問題だった。彼は暗い窓から腕だけ伸ばし、先ほどはるかが何かを入れた四角い鉄骨の隙間に手を入れて、中にあるものを素早く引き出した。そして、中も見ないで、ズボンのポケットに捻じ込んだ。

前後のことを考える余裕はなかった。ただ〈あの娘を守らなければ〉という思いだけでとった咄嗟の行動だった。

捜査員は散々探し回ったが、そのうち諦めて階段を下りていった。

吾一は仕事が始まる前、物陰でポケットのビニール袋を取り出してみた。中には、万年筆大のスポイトとスミチオンと書いた白い小瓶が入っていた。それは、はるかがこの前街の園芸店で盗んだものであった。彼はそれを現場の土深く埋めた。やがて、その上にはコンクリートが流し込まれるから、二度と発見されることはあるまい。

よく考えたうえでの行動より、咄嗟にとった行動の方が、その後の人生に大きな意味をもたらすことはよくあることだが、彼はこの時、何だか知らないうちに、重大な犯罪に巻き込まれた気がした。

その後運転手が、どうなったか吾一は知らなかった。消防署に電話して搬送した病院名を調べ、それとなく症状を聴き出そうと思ったが、あらぬ疑いをかけられそうでやめた。

吾一は大家を訪ね、「この間は裏の家に救急車が来て大騒動だったそうですね」と、それとなく聞いた。

「あの武田は、酒は飲む、冷蔵庫は勝手に開ける、好き勝手にしていたらしい。奴は蓄膿症で鼻が効かないから何でも消毒剤を発酵飲料水と間違えて飲んだらしい。女が勤めに出た後、奴は勤めをさぼって来ていたらしいじゃないか」

大家は吐き捨てるように言った。

吾一は安心した。やはり誤って飲んだということになっているらしい。

「男は死んだのですか」と、彼は尋ねた。

「五百倍か千倍に薄めた農薬を一口か二口飲んだって死ぬもんか。胃洗浄して二日目には退院したらしいよ。警察を呼んで大騒ぎするほどのことは、なかったんだよ」

　大家は同じ町内から警察沙汰になったことを恥じていた。

　吾一は、はるかの無事を知り安堵すると同時に、あの厚かましい男が、たった二日で退院したのは少々不満であった。

「どじな奴ですね。農薬と発酵飲料水を間違えるなんて。どこに置いてあったのですかね」

　吾一は、あの態度のデカイ男をどじな奴と呼べる快感を覚えながら尋ねた。

「娘が使い残しの農薬を透明なプラスチックのポットに入れて、下駄箱の上に置いたらしい。武田という男は、テーブルの上にあったと言っているらしいがね」

「そう言えば、あの娘さん、よく盆栽の世話をしていたようですからね」

「永井が大事に育てた盆栽だからな。農薬も夫が買った物だろう、と女は言ってるらしい」

「そんなに古い農薬でも効果があるのかな」

「あるようだね。ところが、その空瓶が見つからないといって警察は探していたらしい」

「瓶は出てきたのですか」

「いや、娘が三日ほど前によく洗ってゴミに出したらしい。ま、大したことはなかったし、武田も間違って飲んだことを認めたし、警察もそれ以上追及しなかったようだ」

〈なぜ、誤って飲んだことにしたのだろう〉

男は、自分が誤って飲んだのではないことを知っている。そして、誰が発酵飲料水に農薬を混入したかも知っている。吾一は、あの男が叫んだ言葉を確かに聞いている。

「やったな！　お前が盛ったんだな！　ちくしょう」、男は確かにそう言った。男の隠された意図を感じる。一度捕え損ねた獲物を放してやり、ゆっくり仕留めようという魂胆か。

〈娘はなぜ、農薬を飲ませたのだろう〉

吾一は男の生死より、そのことの方が気になった。余程我慢できないことを少女に迫ったのだろう。もしそうなら、あの男が諦めるはずはない。母親はそのことに気づいているのだろうか。

吾一は隣家の様子に、一層注意するようになった。三、四日して少女が洗濯物を取り入れに来た。彼女は家に入らず鞄を手に制服のまま登ってきた。衣類を籠に入れ、辺りを窺った後、床に膝をつき、手を伸ばして鉄骨の隙間をまさぐった。

次に中を覗いた。彼女はそこに何もないことを確かめると、「あれ」という表情をした。それから吾一の部屋の方に視線を移し、ちょっと考えている風であったが、すぐに気を取り直して階段を下りていった。

平穏な日々が続いていた。タクシーはやはり来てはいたが、昼前に来て一時過ぎには大方いなくなった。遅くとも、女が勤めに出る頃は帰っていた。したがって、少女が男と顔を会わすことはなくなった。どうやら男と母親の間に何らかの取り決めがあったのだろう。

変わったことといえば、吾一に、母の遺骨を預けている寺から、母の七回忌の通知が来たくらいである。彼はすっかり忘れていたがもう丸六年にもなるのだ。彼は一日会社を休んでお寺に出掛け、簡単なお経をあげてもらい、お布施の一万円を包んだ。

「もう連れ合いをもらわれて、お子さんの二人くらいは、おられるものと思っていました」

寺の年老いた住職は、お茶を勧めながらそう言った。

「すみません」と、彼はつい頭を下げた。

「いや、責めているのではありませんが、最近の若い方は自分の人生は自分のものだから、自分一代で終わってもいいと思っている方もいるようですね。でもそんなことはありません」と住職は言って続けた。

「貴方には父母がおられ、その父母にも両親がおられたわけです。受け取った血は、次に伝えなければならないと思うのですよ。七回忌をもって一応私たちから、ご案内を差し上げる法事は終わりました。それでも、いつかお子様でも生まれられたら、顔を見せてくださいよ。ご両親が喜ばれますよ」

住職はそう言った後、二、三度念仏を唱えた。

十月の家賃を持っていくと、大家が来年の一月から家賃を上げさせてくれと言う。

「固定資産税が上がってね。四千円は上げてもらわないとね」

大家は眼鏡の奥から吾一の反応を窺った。

「一ぺんに四千円は困りますよ」と、彼は断固反対した。〈あの部屋には、固定資産税はかかっていないでしょう〉と言おうとしてやめた。大家が、引っ込みがつかなくなると思ったからだ。

「それなら仕方がない。二千円ということにしましょう」と大家はあっさり手を打った。儲けたような損したような気分だった。

「あ、そうそう、この間の救急車騒ぎな、娘が農薬を飲ませたのではないか、という噂があるよ」

大家は声の調子を落として耳打ちした。

「どうしてです。誤って飲んだと本人が」

「いやねえ、あの男、娘を狙っていたんじゃないかと言うんだ。娘も立派な女だからな」

「まさか」

吾一の声が裏返えった。

「あの男、女癖が悪いらしい。前にも女に貢がせていたらしいよ。死んだ永井とは、同じ会社に勤める後輩なんだが、旦那の保険金が三千万も下りたことを知って、いくらかせびろうという魂胆があるのではと言うんだ」

「へえそうですか。旦那は交通事故で亡くなったのですか」

吾一は知らないふりをした。

「奴は一年ほど前に会社を辞めたらしいよ」

「前は確か三協タクシーでしたよね。今度どこに移ったのですかね」

「さあね。タクシー会社は多いからな」と言った後、「では、一万七千円ということで頼みますよ」と値上げを決めてしまった。大家は交渉事のタイミングを心得ている。吾一が隣家の女たちに特別の関心があることを知っているようだ。吾一の心の動揺をついてきた。

十月も終わりになると、ずいぶん秋めいてくる。日が短くなった。つい二カ月前までは五時になっても、まだ西日が残っていたのだが、今はもうすっかり日が落ちていて隣家の窓に灯りが点いている。

ふと気がつくと、物干し台にはるかがいる。彼女は植木棚の近くの椅子に掛けてじっとしている。彼女の視線の先には、茜色に染まった薄い雲と家々の屋根が見える。かなり前からそこにいて、暮れてゆく遠くの景色を見ていたらしい。覚えがある。夕暮れというのは、どこか甘美で憂欝なものだ。特に心にもやもやが欝積している少年少女にとってはそうだ。

そんなある日の夕方、事件は起こった。家々に夕闇が迫る少し前の時間だった。通りに入る角を曲がって一台の白い車が入ってきた。あのタクシーだった。車はもう誰もいなくなった空地まで来ると、しばし停車した後、また逆戻りした。そして空地の向こうのごみ置き場の陰に隠れるように駐車した。
五、六分して通りを曲がって駆けてくるはるかの姿が見えた。彼女は急いでいた。家に着くと、中に入らず直接物干し台に駆け上がってきた。持っていた鞄をプラスチックの台の上に載せると、物干し竿から洗濯物を素早く抜き取り、次々と籠の中に入れた。
彼女は二つの籠を両手にぶら下げ、急ぎ足で階段を降り、勝手口から中に入った。家の中に灯りが点いた。台所や廊下のガラス戸も明るくなった。灯りが点いてほんの二、三分してからだった。

隣家の家の中で、突然、人の言い合う声、人がもみ合う音、何か物が倒れる音、壊れる音が聞こえてきた。続いて、少女が廊下を勝手口の方に走ってくるのがガラス越しに見えた。

少女は靴を手に息せき切って階段を駆け上がってきた。彼女はちょっと迷った後、竿掛けから物干し竿を一本取り、園芸棚の陰に隠れた。それからその物干し竿の一方の先端を園芸棚の上に載せ、階段の一番上の所に狙いを付けた。少女の意図は分かった。追ってくる男から身を守ろうとしているのだ。吾一も思わず身を低くして身構えた。

追っかけて勝手口を出てきたのは、やはりあの運転手だった。前がはだけた派手な部屋着を着ていた。男は何かぶつぶつ言いながら階段を上がってくる。少し酔っているようだ。

「お前も母親に似て男が好きなんだろう」

男はそう言って一段、一段上ってきた。

「どこに隠れたんだ。このあま」

彼はそう言って、最後の階段を上り切り、物干し台の入口に立ち上がると、大きく息を吐いた。

その時だった。園芸棚の植木に隠れていた物干し竿の先端が、男の喉元めがけて鋭く突き出された。渾身の力であった。それを一瞬避けようとして、男は体のバランスを崩した。手を大きく上空に揚げるようにして、まるで大木の枯木が倒れるように階段の下の方に落下していった。物の潰れるような激しい音がした。その後、低い呻き声がした。

少女は物干し竿を元に戻すと、靴を履き、鞄を手にフェンスをまたぎ、吾一の部屋の入口に乗り移り、階段を駆け下り狭い通路に消えた。乗り移る時、ほんの一瞬であったが、彼女は窓際に立つ吾一の顔を見たような気がする。しかし、お互いに相手が自分の顔を見たか、確認できないくらい短い時間であった。

むろん、少女には向こうの階段の下を見下ろす余裕などなかったし、吾一も男の様子を確かめる気持ちなどなかった。

十分も経たないうちに、救急車がやって来た。右隣の年輩の婦人が呼んだらしい。彼女はテレビを見ていて、隣家の庭で大きな音がしたので、覗いてみると男が倒れているので電話をしたという。しばらくして、警察のパトカーが二台、サイレンを鳴らし、赤色燈を回しながらやってきた。辺りが騒然となった。異常事態が発生したのは明らかだった。

吾一が出勤するには、少し間があった。彼は近くにあった乾いた雑布を手に取ると、はるかがこっちの階段に飛び移る時、手で触れそうな手摺りの辺りを素早く拭き取った。ふと思いついた行動だった。はっきりした理由があったわけではないが、そうすることが、はるかのためになるような気がした。

彼は早々に家を出たが、仕事中も、後がどうなったか大家に電話して訊いてみようかと思ったくらいである。

翌朝、吾一の部屋の階段を上がってくる靴音で目覚めた。時間は九時前である。押し入れのベッドから降りて窓から覗いてみると、三人の男が階段の途中に立っている。一人は手摺りに白い粉をふりかけて指紋を採っているようだ。

そのうち、入口のドアに軽いノックの音がした。出てみると、二人の男が立っていた。ひと目で刑事と分かった。

「宮田吾一さんですね」

若い方の男が、メモのような物を見て言った。

「そうですが」

彼は怪訝な顔で言った。

「昨日の夕方、隣で事故があったのは、ご存じですね」

今度は年嵩の男が言った。

「ええ、救急車が来ていたようでしたね」

吾一は努めて平静を装った。

「その前に何か気づきませんでしたか。ここからだと隣がよく見えますね」

　男は丁寧な物腰にしては鋭い目をしていた。

「そう言えば、下の方で大きな物音がしたようですが、何かあったのですか」

「人が物干し台から落ちて亡くなったのです」

「えっ、ほんとですか」

　自然に出た驚きだった。あの頑丈な男が、少女の物干し竿の反撃で、たやすく死んだのは確かに驚きであった。

「上で誰かと争っているところを見ませんでしたか。そういう音でも聴いていませんか」

「いいえ、誰か他に上にいたのですか」

　吾一は逆に尋ねた。この言葉は二人に決定的な影響を与えたようだった。二人の刑事は顔を見合わせた後、礼を言って引き上げていった。階段を降りながら、「しかし洗濯物がなあ」と言う一人の男の声が聞こえた。

　翌日、また昨日の二人の刑事がやってきた。

「事故の前に誰か洗濯物を取り込みに来ませんでしたか。貴方は、ここにいたのですよね」

「隣の娘が、取り入れたのではないですか」

「いや、それが女の子は、その時は家にいなかった、と言うんです。事故があってから二十五分くらいしてから家に帰ってきたのですよ」

「一度鞄を持ったまま上がってきて、先に洗濯物を取り入れた後、また鞄を持って出掛けていくのを、前に何度も見掛けたことがありますよ」

彼はごく自然に聞こえるように言った。これは嘘ではない、二度ほど見ている。

「なるほど、そうですか。本人もそう言ってはいたのですがね」

二人はさも納得したように礼を言って引き上げていった。

武田というあの運転手は、結局、酔ったうえでの転落死ということになったらしい。良心の呵責は、全くなかった。あれが転落死でなければ正当防衛だ。娘は自分の身を守ろうと必死だった。追い詰められ、咄嗟にとった止むを得ない行動だ。もし犯罪と言うなら、自分も共犯である。あの時、俺もはるかと同じ意思を持って身構え、気持ちのうえで同じ渾身の力を込めて物干し竿を突き出したのだ。

十月の家賃を納めに大家の家に行くと、「あの武田という男、酔って物干し台から落ちて首の骨を折り、ほとんど即死だったらしいな。自業自得と言うものだよ」と、重大ニュースを打ち明けるように声をひそめて言った。

「そうですか。すごい音がしたらしいですね」

「あの男、札付きの悪だったらしい。奴の赤羽の借家の床下から女の遺体が発見されたんだと。前に一緒に暮らしていた女らしいよ」

　大家は吐き捨てるように言った。

　近所中を騒がせた転落事故の後、隣家の様子が変わった。当然ながら男とタクシーは来なくなったし、洗濯物の量が半分くらいになった。昼間は窓にカーテンが下りていることが多く、人の動く気配が感じられない。吾一は親子がどうしているか気になった。

　一週間くらいして、吾一が勤めに出ようとドアを開けると、階段に桜の盆栽が一鉢置かれていた。それには「田舎に引っ越します。いろいろお世話になりました」と書かれた紙が貼ってあった。翌々日帰ってみると、隣家は引っ越した後で、何もない物干し台に物干し竿が一本残されていた。

　一年もしないうちに、隣の家は取り壊され、新しい家が建った。物干し台はなくなったが、窓のすぐ先に新しい家の壁が迫り、前より暗くなった。こんなことなら、二千円の値上げを認めるべきでなかったと悔やんだ。

二、三年経つにつれ、事故のことや女たちのことは、だんだん忘れていった。そして四年経った今は、以前物干し台があったことも思い出せなくなっていた。吾一は相変わらず境遇を変えることに積極的ではなかった。彼は職場にも住居にも不満を抱きながらも、いまだに付録平和荘の住人であり、そして来年こそは職を変え、もっと広くて、明るい風呂付きの住居に引っ越そうと毎年決意していた。

ある日、ドアを叩く音がするので開けてみると、入口に若い女が立っている。女は「永井です」と言った。吾一には覚えがなかった。

女は「ちょっと入っていいかしら」と言い、「隣のはるかです」と言った。

彼はようやく思い出した。はるかはあの時よりふっくらして、一人前の女になっていた。

吾一は彼女を部屋の中に入れ、コーヒーを淹れた。

この部屋に、女が訪ねてきたのも初めてだが、女とここでコーヒーを飲むのも初めてであった。彼は妙にうきうきした気分だった。

はるかの話によると、彼女は一度秋田に引っ越した後、地元の高校を卒業し、去年東京に出てきて、今はデパートで働いていて、寮に住んでいると言う。母は秋田で役場の職員と再婚して幸せに暮らしているらしい。

ひと当たり身の上話が済むと、彼女は改まって、「私、四年前の義務を果たしに来たの」と真顔で言った。何かを決断している表情であった。

「義務って何のこと」

彼にはぴんとこない。

「四年前、二度も急場を救ってもらって、あの時、ガラス越しに一瞬目が合ったでしょう。あの時私、契約したの。今は何も持っていないけど、いつかきっとお返しするわって」

と言って、彼女は彼を見詰めた。

「そんなつもりはなかった。咄嗟の行動だよ」

「でもいいの、私の気持ちが晴れないもの。私を抱いていいわ。いや抱いてほしいの」

と、彼女は迫った。

吾一は女を抱いた。前に予想した通り、はるかは均整のとれた引き締まった体と白桃のような白い肌をしていた。ずっしりとした量感と、震えるほどの甘美な陶酔を味わった。

そんなことが二、三度続いた後、はるかはこっちに引っ越してきた。それからしばらく二人は、大家に内緒で同棲した。部屋を出るところを一度大家に見つかったが、吾一にも恋人ができたくらいにしか思っていなかったようだ。大家はその恋人が、以前隣に住んでいたはるかだとは気づいていなかった。

一年くらいして、吾一は七年余りに渉って住み続けた操舵室みたいな部屋を引っ越した。

彼は今、昼間の会社に勤め、親子三人で公団アパートに住んでいる。はるかと正式に結婚し、男の子が一人いる。

今年の母の命日に、親子してあの住職の寺に詣った。

「両親から受け継いだものを次に渡せて良かったですね。ご両親もきっと喜んでいますよ」

住職は我が事のように喜んだ。

はるかは働き者で、よく気がつく妻だ。夫婦生活は無論、育児にも真剣に取り組んでいる。とにかく幸せである。今はあの一連の事件が、計画的でなかったことを祈っている。

とり

（一）

わずか十畳に満たないシャワー室は、午前の仕事を終えた男たちでいっぱいであった。勢いよく噴射される湯沫が部屋中を蔽《おお》っていて、タイルの床に滝のように音を立てていた。男たちは仕事の憂さを一気に晴らそうと身体をぶっつけ合っていた。

山口良二は温度を高くし、眼を閉じて全身でシャワーを受け止める。心地よい刺激が伝わってくる。じっとしていると、眠っていた皮膚の感覚が戻ってきて、髪から顔を伝ってぬるぬると脂っこく生臭い雫が流れていくのが分かる。

雫が唇の上を流れる時、少し酸っぱい味がする。髪の毛や眉毛にこびり着いた血糊が少しずつ溶け出しているのである。そしてそれは無論、血本来の赤い色彩を取り戻しているであろうから、今自分の顔は血に染まって見えるはずだ。

薄眼を開けて足元を見ると、自由になった何千羽もの鶏たちの血液が、細い、しかし、はっとするような血本来の鮮やかな色彩を取り戻しながら、タイルの上を筋のように流れてゆく。身体全体の皮膚から血の感触が消えるには、かなりの時間が掛かった。シャワーに当たるだけでは、まだ薄皮一枚被った感じである。

良二はタイルの床に腰を下ろし、初めて石鹸を使う。手拭いは着色するので、一本取りのへちまで丹念にこする。良二たち「トケイ」は、それぞれ首まで達するゴムの前掛けと丸いビニールの帽子を着けているのだが、それでも鶏の返り血を浴びる。知らない間に前掛けと、首の隙間から中に濡れているのだ。

特に注意するのは、腋の下と性器の周りである。朝起きてトイレに行った時など、陰毛に血糊がこびり着いていて、ところどころ固まっているのを発見することがあるが、それはオナニーの後の精液で汚れた陰毛を見るように、うとましく、またいじらしいのだ。

良二は誰一人残っていないシャワー室を出て、ひっそりと食事を済ませた。義母が作ってくれた卵焼き入りの弁当である。

食後、休憩室で横になっていると、グラウンドの方からバレーボールを楽しんでいる仲間たちの声が聞こえてくる。その屈託のない声は、彼がずっと以前に忘れてしまった声の響きだ。

「何だ、まだここにいるのか」

受入係の西田が突然入口から声を掛けた。

「みんな待っているよ、センターはお前でなければ務まらんと」

「田中がいるだろう。奴にまかせろ」

「試合前の練習は、お前がおらんと熱が入らんとみんなが言ってる。先に行ってるよ」

西田はそう言って姿を消した。

良二は苦い茶をあおり、土間に下りた。

グラウンドに出てみると、午後の強烈な光が眼を射た。二面のコートに男女に分かれて、それぞれラリーを続けている。近々市内の職域対抗のバレーボール大会が予定されていて、市役所と養鶏組合が優勝を競っているのだ。

「待ちかねたぞ、エース」と言う声に、センターに飛び入ると、良二はいきなりアタックをコートに叩きつけた。

この鶏肉処理場には、男女合わせて六十人余りが勤めている。役場か農協ぐらいしか働き口のないこの地方では、養鶏組合は安定した職場である。養鶏組合と言えば、以前は鶏卵の生産や販売、それに付随した飼料販売・配送や卵から雛に孵《かえ》す育雛《いくすう》が中心であった。それが数年前から世間の食生活の改善とやらで、鶏肉の需用が高まり、ブロイラーの生産、販売が著しく伸びてきた。

　この傾向は、組合にとって追い風になった。それまで孵化した雛は生まれると、すぐ雌雄に選別され、雄はまとめて焼却処分されたものだが、この頃では四カ月飼育され、ブロイラーとして県内外や香港など海外にも輸出されるようになった。それまで鶏卵生産だけに頼っていた生産農家でも、ブロイラーの生産を兼ねる組合員が増えてきたのだ。

　午後の作業は、長々と鳴り響くベルの音で始まる。皆重い足取りで持ち場へ移動する。この中に良二が付き合っている桂子もいるはずだ。

　良二は前掛けと帽子を着け、椅子に座った。

　ベテランの田口と隣の良二には、一人ずつ助手がついている。助手は今春採用されたばかりの新入りで、やや緊急した顔をしている。彼らは五十羽入りのワイヤーの籠の中から一羽ずつ鶏を取り出して二人に渡すのであるが、その時左右の羽根を背後で互いにからませる。羽根で均衡を保っている鶏は、羽根の自由が効かなくなると、途端におとなしくなる。

　それまで羽根をばたつかせて、必死に抵抗した奴でも、土間に足を据えて頻繁に瞬きするだけである。鶏の眼は実にきれいだ。ルビイのような深い色の周りに金色の輪みたいな光があり、全体に潤んだ感じで瞬きのたびに多様な表情を見せる。

時々顔を横にかしげて訝しがったり、首を伸ばして良二たちの方を覗き込むような仕草をする。それは食肉のためにだけ飼食され、わずか数週間の短い運命の終焉を数秒後に控えた様子にしては、あまりにも無邪気過ぎるのである。

良二が今ほど手練れていない頃、田口が言ったことがある。

「首を削く時は、鶏の眼を見ない方がいい。顎の下の頸動脈のとこだけ見ておれ」

実に当を得た助言だと思っている。とにかく、鶏を生き物として見てはだめなのだ。ナイフの先と、それに当たる部分だけに神経を集中させればいい。そうでなければ一日二千羽などという処理は不可能なのだ。

良二の椅子の近くには、羽根を交差させた不恰好な若鶏が次々に置かれる。助手がそれを片足で引き寄せながら、一羽を彼に手渡す。良二は若鶏を膝の前掛けの上に抱き、足を左手の肱《ひじ》で押しつけ、嘴を軽く上げて顎を伸ばす。こうすると、顎の下の頸動脈が浮き上がる。

肩の力を抜き、素早く事務的に血管を峭《そばだ》くのだ。鮮血がほとばしり鶏は、足をばたつかせようとする。この時になって彼らは初めて身の危険を感じるが、既に遅い。良二は素早く足を摑んで、眼の前を動いてくるステンレスのバケツの中に鶏を逆さにして抛《ほう》り込む。一升瓶を、手首を利かせて逆に投げ入れる要領である。

バケツの中の鶏は、最後のあがきを試みるが、バケツの内側が鶏の体に合うようにできているから、羽根を動かすことができない。ただ両の足だけが空しく弧空を切るばかりである。

それもほんの数秒のことで、やがて伸び切った両足は、かすかな痙攣を残しながらコンベアの上を運ばれてゆく。このような一連の作業は、六秒間に一羽の割合で切れ間なく続くのである。

コンベアで運ばれる途中で、すっかり脱血されたブロイラーは、熱湯の吹き出す脱毛機に送り込まれる。この時彼らは、初めて自由になったように、跳び上がったり、ひっくり返ったり、回転したり、ありとあらゆる動きをするが、それは決して彼らの意志でなく、脱毛機の中でお手玉されているに過ぎないのだ。

梔子《くちなし》の花が風雨に舞うように、白い羽根が水蒸気の中で散乱する。かろうじて鳥としての面目を保っていた羽根や綿毛が瞬く間に残らず剝き取られ、文字通り鳥肌立った、ぶよぶよの醜い裸体が冷却槽の中に滑り落ちてくる。冷却槽で充分冷やされたブロイラーは、次々に引き掲げられ、広いステンレスの調理台の上に乗せられる。

　そこには三十人ほどの女たちが、出刃庖丁を持って立っている。女たちは待ってましたとばかりに首を切断し、肛門に穴を空け、そこから実に手際よく内臓をそっくり抜き出してしまう。

　いわゆる「腸抜き」の工程である。それを見ていると子供の頃、祖母から聴いた怖い話を思い出す。

〈海で長く泳ぎ回ると、河童が来て、尻から腸《はらわた》を引き抜いてしまうとぞ。だから溺れた子の尻の穴は開いたままになっと〉

　首を失い内臓を抜かれ、軽くなった若鶏は、生き物とも食品ともつかない、まるで中途半端な存在に見える。先刻まで生きていた多数の鶏が目の前で短時間に処理され、一個の肉塊に変貌する態は、時々見学に来る市民団体、特に主婦たちにとって正視できない凄惨で異常な光景に映るかもしれない。自らの命の重さに鑑み、かくも夥《おびただ》しい生命がやすやすと奪われることが信じられないのだ。

　そして、その中で無表情に押し黙って仕事に従事している若者たちに、ある種の怖れさえ感じて、自分たちの子供には、決してこの仕事には就かせまいと固い決心をする。しかし、それは見当違いというものだ。

生命を奪うという行為そのものは、宗教的戒律を別にすれば、それほど大騒ぎすることではない。仕事の持つ否応のない習慣性は鶏の食肉処理という行為を「素早くナイフを動かす」ということに単純化する。一羽一羽に憐みを感じて躊躇する余裕などないのである。それに自らは手を汚すことなく、若鶏をチキンロールや細切れにして食する者たちの罪悪感はどうなる。

五時半に作業が終わると、良二たちはナイフ、前掛けを洗剤の入ったバケツに抛り込んでシャワー室に駆け込んだ。疲れて鈍くなった皮膚に、今日二度目のシャワーを当てる。ゆっくり蘇生して行く感覚に、ようやく仕事が終わった感を覚えるのだ。

「今日は二千二百三十羽でしたよ」

助手の山本が近寄って来て処理数を教える。

「そうか、まあまあだったな、田口のところはどうだった」

「谷山は言わなかったけど、同じくらいだと思いますよ。奴は最近教えなくなったんですよ」と、山本が眼を閉じたまま答えた。

「木村は何か言っとったか」

「場長は本部に行って、いませんでした。伝票は事務の中野さんに渡しておきました」

山本はそれだけ言うと、「お先に」と挨拶して出ていった。替わりに西田が近寄ってきた。

「女たちに頼んでいた物は、用意してあるそうだ。俺は先に出て待っているから」

「田口は、やはり行かないのか」

「あの人は、ほれ、孤独を愛する男だから」

西田は意味ありげに笑いながら出ていった。後には良二独りが残った。シャワーの音に混じって、勢いよく門を出ていくバイクのエンジンの音が連続して聞こえてきた。

良二がシャワー室を出てバイクの置場に行ってみると、桂子と西田が待っていた。

「ずいぶん遅いなあ、皆出たんだよ」

西田はエンジンをかけたままのバイクに半分腰掛けていた。桂子は良二のバイクの後部に背をもたせて、薄手のネッカチーフを着けようとしていた。

「先に行っててよかったのに」

良二は無愛想に言った。

「何言ってるんだ、桂ちゃんは、お前の車にしか乗らないのに」

西田は半分やけ気味にエンジンを吹かせて、処理場の門を出た。

良二は桂子を後部に乗せ、後を追った。夏の日は、ようやく暮れようとしていて、西の空がやけに赤かった。

「今夜も川岸の辺《あた》りで飲むの？」と、背中の桂子が訊ねた。

「もう四、五人あっちで待ってるからな」

「じゃ遅くなるわね。〈もつ〉を十キロも用意していたようだから」

「遅くなるだろうな」

「ねえ、うちにはいつ来てくれる？」と言った。それは桂子が、ずっと聞きたかったことだった。良二のことは、まだ親に話していない。

「年内は忙しいからな。来年になるかも」

二台のバイクは、広い飛行場の跡地を抜け、市街地の方に向かった。彼らの頭上には、茜色に染まった薄い雲が、遠く海辺の方まで延びていて、寝ぐらに急ぐ鶴の群が空を舞っていた。桂子を途中のバス停で降ろし、踏切りを渡り、川沿いに右に折れると、ごみごみした裏通りに出た。ここ一帯は、あまり品の良くない飲み屋が十二、三店軒《のき》を連ねている。その中の「川瀬」という店の脇に単車を停め、勝手口に廻った。

「十キロある。サービスしてよ」

西田が調理場の男に、臓物の入ったビニール袋を渡した。

中年の大柄の男が指を丸め、ＯＫのサインをした。二人は赤や緑のネオンの点滅する表に廻った。呼び込みの女が「お待ちかねよ」と声を掛けた。西田が勢いよくドアを開けた。中には四人の男たちが、もう半分出来上がっていた。時間が早いせいか、他に客はいなかった。

「二人共ずいぶん遅いな。先にやってたよ」

受付の早見が声を掛けた。

「今〈ぶつ〉を渡しといたからな。これくらいはサービスしてよ」

西田が女将に十本、指を立てた。調理室から先ほどの男が顔を出してＯＫの合図を送った。

「承知致しました。でもあまりたびたびは困るのよね、冷蔵庫も臭くなるし」と女将が言った。

「俺たち、別にここに来なくてもいいんだぞ、上物の〈もつ〉だ、もっと喜んで飲ませる店もあるんだから」

　西田が不服そうに口を尖らせた。

「冗談、冗談、でもね、貴方のとこの場長さんが、あまり大っぴらにやられると困ると言ってたわよ」

　女将は愛想笑いをした。

「場長の木村？　奴もこんな店に来るのかい。もっと上の『花月』辺りと思ったが」

「あら失礼ね、本部の方も、たまに見えられるのよ、場長さんは上客よ」

「あの忽体野郎がねえ。何も気兼ねすることはないさ、俺たちは組合に損させてるわけじゃないのだからな。どこかの飼料会社が、二束三文で引き取って行くのを、俺たちが片手間に選別して持ってくるだけなんだから、言うなら生活の知恵というもんだぜ、ねえ良二」

「西田、要らんことまで喋るな。藪蛇じゃないか」

「あら聞いたわ。二束三文なのあれ」

「あっ、ばれたか。木村の奴、自分の親戚に配るからって、ちょくちょく持っていくくせになあ」

西田は余程腹に据え兼ねている。

「もういいよ、それよりお前が注文した酒じゃないか、どんどん飲めよ」

「奴は俺たち処理にはいろいろ細かいことまで下知するくせに、良二や田口さんたちトケイには頭が上がらない。給料だって奴の方が少ないはずだからな」

「良二さんたちの特殊な仕事の現場って、場長より偉いの？」

新入りの女の子が二人の間に割り込んできた。

「そうさ、この良二はトケイの第一人者だよ」

「まあ偉いのね」と言うと、女はビールをこぼれるように彼のジョッキに注いだ。

「あんた何も知らないのね、トケイはトケイでも時間を計るトケイじゃないよ、鶏の首をこうするのよ」

古株の女が首を締める真似をした。

「違うよ。ナイフでこうするんだ」

西田は自分の顎の下の首筋を削く真似をした。

「西田、お前少し喋り過ぎだぞ」

良二は不機嫌に注意した。

「そうだな。黒龍の話の方がいいか」

「黒龍って？」と、女たちが聞き返した。

「良二が飼ってる軍鶏《シャモ》だよ、強いんだから」

「見たことあるわ。喧嘩させる鶏よね」

「そうだ今度はトケイじゃなくて闘鶏《とうけい》だよ」

西田は大きな声でそう言って笑った。

「良二さん、その後、黒龍はどうなんです」

遠くの席からそんな声が飛んできた。

「調子いいよ。姿も良くなったが気合いが出てきた。次は大口産の鶏を合わせる予定だ」

「勝ち負けは、どうやって決まるんですか」

「倒れて動けなくなった方が負けだよ、でもその前に分かるんだ。頭を小刻みに振り出したり、口を開けたり、目前の敵に集中できなくなったり、何より目を見ていれば分かるよ。

ぎらぎらとした怒りが、衰えていくのが見えるんだ。逃げの姿勢を見せたら、終わりだね」

「死んでしまうこともあるらしいですね」

「相手の強い蹴りが頭にまともに当たったりした時は、そんなこともあるらしい」

「まあ怖い。それじゃ殺し合いじゃないの」

二人の女は同時に顔をしかめた。

「違う。殺し合いじゃないんだ。軍鶏たちは、それぞれ独特な飼い方で育てられ、闘うためのの肉体と能力を身につけるんだ。お互い『自分に勝つ者はいない』というプライドをかけ戦うんだ。相手の蹴りの当たり所が悪く、ふらついて倒れることもある。それでも恐怖はないと思うよ。『あれどうしたんだろう』という戸惑いはあるだろうが。それに立会人がいて勝ち負けを判定するわけだからね」

「処理場の若鶏などは、何も知らないうちに頸動脈を切られ、死んでいくんだからね。何も感じる暇はないと思うよ」

女たちは黙った。急に興味を失ったようだった。

良二たち六人は、九時に「川瀬」を出た。街中の橋のたもとで四人と別れ、店にバイクを置き、良二と西田は、人家の少ない道を国道三号線に向かってタクシーを走らせた。星空が遠く海の方まで広がっていて、窓を少し開けると、夜風が頬に心地よかった。

三号線を一キロほど南下した後、右折して戦前からある第二干拓地に入り、さらにその外の昭和の時代に完成した第三干拓の中間の土堤道を南に向かってタクシーは走った。広い干拓地の向こうには、不知火海から有明海にかけて、数えきれないほどの漁火が、遠く天草沖まで広がっている。

旧干拓地の松林の土堤を走り、川の所で西田と別れた。橋を渡り、松林の終わる辺りに良二の家がある。暗闇の中に二つの家が見える。手前にある二階建ての一階が物置きで、二階が良二の寝泊りする部屋である。彼はタクシーを納屋の前で降りると、明かりの点いている母屋に向かって歩き始めた。以前、この家には良二と父と母三人で暮らしていたが、ずいぶん昔のように思えた。

母は六年前、良二が十四歳の時に、亡くなった。寡黙で、目立たない女であった。いつも野良着を着て、畑や田を耕し、鶏の世話をしていた。母の実家は、田んぼを持たない貧農で、母は十五の時から隣村の農家に住み込みの手伝いに出ていたらしい。

父の家も小作人であったが、戦後の農地解放で三反歩（約三千平方メートル）をもらい、自作農になっていた。父が二十五歳の時、知人の紹介で母を嫁にもらった。父は酒を飲むと、よく「俺がもらってやったんだ」と言っていたが、父が今養鶏である程度成功し、組合の監事になっているのは、母のお陰だと良二は思っている。母は、夫には今一つ物足りなかったかもしれないが、子供には優しい母だった。

母屋に入ると、父はテレビを見ながら義母を相手に酒を飲んでいた。義母の清美は、父より十八歳も若い。六年前に死んだ良二の母に比べて万事如才がなく、世間馴れしていて、近所付き合いも良かったし、父とうまくいっていた。〈秀一どんは良か「後《あと》か」をもらった〉と言うのが近所の人たちの評価であった。若くして前夫に死別して、保険の外交をしていたのを父が口説いて一緒になったのである。

父は、この色白で小太りの女を愛していた。良二の母には見せたこともない打ち解けた言葉や優しい眼差しを惜し気もなく与えていた。

良二は、この若い母に、ある引け目を感じていた。それは成熟した女に対する生理的な気後れと同時に、彼女の人生に対する積極的な姿勢と貪欲な打算に対してであった。彼女は残された最後の機会を年取った父に託していた。彼女は妊娠していて、そのことが彼女の立場を一層堅固なものにしていた。

「良二さん、夕飯まだでしょう。こっちに来て一緒に飲まない」

良二が玄関で履物を替え、別棟の方に行きかけると、義母が声を掛けた。

「もう、済ましたよ」と、良二は無表情で答えた。

「お前も、たまにはこっちに来て付き合え」

今度は父が声を掛けた。父が自分を誘う時は、何か理由があるのだ。良二は観念して居間に入った。座卓の上にはコンロが置かれ、鉄板の上で「もつ料理」が湯気を立てている。強いニンニクの臭が鼻をつく。

「お前は、桂子とかいう娘と付き合っているそうだな。どうするつもりなんだ」

父は赤く濁った眼を向けた。

「どうって、たまにバス停まで送るだけだよ」

「それだけか。それならいいが、用心しろよ。あの家は問題が多いらしいぞ。それからお前たち処理場の者は毎晩、川岸辺りで飲み歩いているそうだな、組合で評判になってるぞ」

「それがどうかしたの、父さんとは関係ないよ」

良二は熱い肉片を飲み込んで言った。

「まあ、良二さん、父さんにそんなこと、言っていいの」と、清美があきれた顔をした。

「何だと、お前、俺の気持ちなど少しも分かっていない。一生首切りで終わるつもりか、上にあがろうという意欲がない。お前の母に似て向上心というものがない。あの田口を見ろ、ただ食うために、もう六年も同じ仕事を続けている。一緒に仕事をしていると、根性まで似てくるのか、ただ酒が、そんなにうまいか……」

父は鶏が果物を飲込む時のように喉を引きつらせた。

「俺も組合の役員をしているが、息子がいつまでも今のままでは世間体もある。あれほど言っているのに、何で転属願いを出さないのだ。それに……」

父は、良二が座を立とうとするのを引き止めた。

「それに近々お前たちの仕事もなくなるぞ、組合では新型の殺鶏機を発註する予定なのだ。誰でももっと手っ取り早くやれる奴をな」

父は勝ち誇ったように言った。良二は残ったコップの酒を、父との決別の酒のようにあおり、自分の部屋に引き上げた。

（二）

良二は高校を卒業すると、父の口利きで養鶏組合に入った。会社らしい会社のないこの地方では、希望者の多い職場であった。

最初は外送の仕事であった。農家から集めた鶏卵を販売用に箱詰して県下のスーパーやデパート、食品工場などに届ける仕事である。

十キロ入りのダンボールを満載した五トントラックを運転して、朝六時前に組合を出て、ほぼ一日中運転して夕方七時頃帰ってくる。助手も付けずに優に三百キロは走り回る。北薩から国道三号線を走り、串木野、枕崎、指宿と薩摩半島を南下する日もあれば、伊敷を抜け、鹿屋、志布志、坊之津と大隈半島を周回する日もある。紫尾山を越え、宮之城、薩摩川内を抜け、鹿児島市内を回るコースもある。

六十カ所くらいの事業所に荷を降ろす他は、いつも走っている。昼食はコンビニで買ってきた物を、車を木陰に停めて食べる。走行中酔魔に襲われた時は、車を路肩に寄せ、エンジンをかけたまま眠る。目覚めたら、また走る。

車の運転というのは、人を薄馬鹿にするようだ。系統だって物を考えることができない。自分がトラックのメカの一部に組み入れられ、インプットされた空間を無闇に移動しているような無機質な気分になる。

運転席にはラジオの音楽が流れていて、ガラス一枚向こうには美しい海岸線が広がっているのだが、景色が景色として映るのはしばらくの間で、あとは風景が連続した流れのようになる。自分はじっとしていて、風景だけが織物のように横に流れていく。視野は極端に狭められ、風景の素早い線の流れは無色の壁の流れに変わる。そのうち自分は生まれてからずっと、この無色の壁の谷間を走っているような気分になる。

そういう風にして、六カ月も国道や県道を走り続けた。ある日、彼は居眠りしながら一キロ近くもトラックを走らせた。眠りながら一キロも車を走らせたとは、今でも信じ難いが……、突然目前に家の壁が迫り、ブレーキを踏んだ時には、もう車は道路側の民家に突入していたのである。

彼が胸と額を強打した以外は、幸い怪我人はなかった。彼は荷崩れして破卵し、路面に散乱したダンボールの山をぼんやり見ながら、近くの店から組合に電話を入れた。二時間後には組合から係の者が飛んできて、民家の住人と話をつけ、修復費の五十万円で示談が成立した。表沙汰にしなかったのは、組合の労務管理の手落ちを追及されるのを幹部が怖れたからだった。

組合の懲罰委員会は、良二に職務怠慢による始末書を書かせ、組合が支払った示談金五十万円と車の損料三十万円を月々給料の中から月賦で返済する旨の決定を下した。父の監事としての面目は丸潰れであった。それでも良二が辞めさせられなかったのは、父が理事に頭を下げて歩いたからではなく、組合が確実に八十万円を回収するためであった。

はっきりした処分が決まるまで、良二は本所で清掃員みたいなことをやらされた。集卵用のダンボールの枚数を数えたり、破卵で汚れた物を焼却したりする簡単な仕事であった。

一カ月くらいして、今のブロイラーの処理場で働くよう言い渡された。今でもそうだが、ここはいつでも人手が不足していたのである。

良二が処理場に移った時、食肉処理は田口と岩城が二人でやっていた。良二は要領を覚えるまで田口の助手につくことになった。

田口は十七歳の時に組合に入って以来、六年もこの仕事を続けてきたという。彼と同じ頃入社した連中で、この仕事に就いた者はほとんど辞めていったらしい。そのうちの何人かが本所の方に部署替えになり、種鶏場とか育雛の係をしている者もいた。

もともと、この殺鶏という仕事を好んで続ける人間はいない。本所でも、そのことを知っているから、本人が希望さえすれば三年くらいで部署替えになるのが普通である。

田口の場合も何度かチャンスはあった。しかし、そのたびに彼の本所行きは見送られた。一つには彼が理事、もしくは幹部に強いて働きかけなかったこと、二つには——これが一番の理由だが、彼の処理の腕が抜群で、もし彼がいなくなると、この処理場の能力が極端に落ちるであろうことが目に見えていたからである。

数年前から、ブロイラーをはじめ鶏肉の需用は目覚ましく、市場の要望に追いつけないくらいであった。

他の処理部門、例えば、脱毛とか洗浄とかは新しい機械を入れて合理化を図ったが、鶏の食肉処理と腸抜きは依然として人間の手に委ねられていた。頸動脈を切る時の一羽一羽に対する微妙な手の動きは、機械では真似できないし、また一瞬に血を出さないと、血液が鶏肉に廻って製品の品質が落ちるのだ。

二年前に組合は、田口に一つの条件を示した。

もし彼が今の仕事を続けてくれるなら、基本給の他に歩合給を支給するというのだ。二千羽を超えたら、一羽に付き、二十円の歩合を約束した。田口はそれを受けた。受けたことによって、本所の課長並みの給与をもらうようになったが、昇進と部署替えのチャンスは完全に失った。彼は半分職員でありながら、半分契約社員のような妙な立場にいた。

良二がここに移ってきた時、パートを含め五十人近い若い者が働いていたが、田口には友達らしい友達はいなかった。仕事中は無論、休み時間も彼の周りには、人は集まって来なかった。彼はもともと食肉処理をなりわいにしていた家の出だから、何の抵抗なく鶏を殺せるのだと陰口を言う者もいた。仕事が終わると、旧い大型のオートバイに乗って独りで帰っていた。

田口は背が高く、がっしりしていたが、少し足が悪かった。歩く時、左足を少し引きずる。

そのために、右肩が突き上がるので一見威張って歩いているような感じを受ける。

彼は良二より三つ年上だが、ずっと年輩に見えた。眼光が鋭く、ふてぶてしい角張った顔には、どこか老成したような印象があった。

良二は最初会った時から、この男には滅多に人を許さない意固地なところがあるなと思った。彼は、この処理場の一番重要な、言わば「先山」の役割を果たしながら誰からも離れた存在であった。

良二は田口に少なからぬ興味を覚えた。まず彼が無駄口を叩かないのが気に入った。総じて田舎の若い連中には、無意味な会話が多い。飲み屋で酒を何本飲んだとか、オートバイを時速何キロで飛ばしたとか、ひと晩に女を何回泣かせたとか、うんざりである。

田口は二人で並んでいても、仕事のこと以外はほとんど話をしなかった。鶏を渡す時、横向きに渡せとか、足を揃えて渡せとか、二、三注意する以外は、まるで大根でも切り削くように無表情に若鶏の喉首にナイフを当てるのだった。

ナイフの使い方といい、その後の処置といい実に素早く、見事であった。隣の組の岩城が助手に怒鳴り散らすのに比べれば全く静かなもので、そのくせ岩城たちの組よりずっとはかどった。

「お前、何でここに来た」

一週間くらいして田口が良二に訊いた。良二が事故を起こしたことを話すと、「そうか、配送か、あれもあまり楽な仕事じゃないな。すると借りを返す間、ここで稼ごうというわけだな」と言った。三週間くらいすると、田口は何を思ったか、良二にナイフと前掛けを用意して来て寄こした。

「どうだ、やってみるか」

彼は自分の隣に席を作らせた。

「場長にひと言断ってからの方がいいんじゃないか」と、隣の岩城が声を掛けたが、田口はそれを無視した。

「もう、そろそろ岩城が本所に移る頃だからな、そしたら空きができるからな」

田口は聞こえよがしに言った。

田口が予測したように、間もなく岩城が本所に転属して行った。それから良二は、田口に追いつこうと一心に田口の処理能力の技術を盗んだ。

もし父の言う向上心というものがあるとすれば、この頃の良二がそうであったかもしれない。彼にはもともと、この仕事の素質があったのか、田口という手本がいたからか、三カ月もすると良二は、処理数においては田口と肩を並べるまでになった。

「全く大したものだ。今に抜かれるな」

田口はそう言って驚いてみせた。しかし、良二は心の中では、自分は決して田口を追い越せまいと思った。田口はこの仕事を生活の手段として割り切った無頓着さがあったが、良二は自分の身体を鮮血と糞で、わざと汚しているような屈折した感覚を味わっていたからだ。

当然、この処理場の出来高は、田口と良二に負うことになった。場長の木村のところに本所から予定数量の問合せが来るが、いつも二人に相談しなければ、その答えが出せなかった。田口は本所と掛け合って良二の給料を自分と同じ一部歩合制にしてくれた。

（三）

良二は軍鶏《しゃも》を飼っていた。中型の薩摩鶏である。灰白色の羽根が、ようやくまだら模様に黒く生え変わる三カ月の雛の時、大隅から買ってきたものだった。良二は、それを母屋の横に小屋を作って育てた。父の養鶏場と、できるだけ遠くに離しかったのだ。飼育法については、田口から教わった通り忠実に守った。

　普段は、ほとんど放し飼いに近い状態にして足を太く作る。エサをやる時は、決して地面に置かないで、少し伸び上がらなければ取れないようにエサ台を作る。脚の角度を高くし、胸を張らせ腿と指を鍛えるためである。止まり木は、成長に応じていつもやっと跳び乗れる高さに引き上げてやった。羽根と蹴りの破壊力をつけるためだ。

　一年を過ぎる頃になると、軍鶏は薩摩鶏特有の体型に整った。よく張った胸と肩、短くて太い羽根。ほとんど直立に近い太い脚、堅く引き締まった鶏冠。これはまさしく闘うために生まれてきた鶏であった。処理場で見馴れているブロイラーとは、全く別物である。

　良二は、この軍鶏を「黒龍」と名付けた。頭から嘴にかけての線が絵に描かれている龍の姿に似ていた。それによく見ていると、鶏は爬虫類の仲間から進化したものであることが分かる。蛇のように自在によく伸びる首、黒の冷たい光沢を帯びた羽根。特に、脚から指先まで被っている青灰色の冷たく濡れたような表皮は、蛇の青大将のそれとそっくりなのだ。

　軍鶏には、全体に赤っぽい羽根をした「赤笹」と黒龍みたいな黒軍鶏がいる。「赤笹」の体は頭部は丸く、鶏頭は豊かである。太い嘴は鷲のように内側に彎曲している。大きいものは五キロ近くにもなり、揉合いに強く、蹴りの力は、当たり所がよければ一発で相手を倒す破壊力がある。黒軍鶏は黒光りする羽根で覆われていて、全体にほっそりした中型の鶏である。

頭部から嘴にかけての線は、雉のように鋭い感じである。鶏頭は小さく堅くまとまっていて、相手の攻撃を受けにくい。どっちがいいのか一概には言えないし、どれを選ぶかは飼い主の好き好きである。

良二が黒軍鶏を選んだのには理由があった。まず動きが俊敏であり、蹴りが高いこと、中型で身が軽いから体力のロスが少なく長期戦に堪えられるということであった。しかし、良二が特に黒龍を気に入っているのは、そのシャープな姿と炯々《けいけい》とした眼であった。軍鶏は普通番《つがい》では飼わない。雌を与えると闘争心が鈍るからである。狭い小屋に一羽だけ入れ、孤独に堪えさせ、怒りを蓄積させる。年老いて用済みになった軍鶏や場鶏を借りてきて、実戦の練習をさせる。自分に勝つ者は、いないという暗示を与えるためである。

父は黒龍を嫌っていた。黒龍の鳴き声が、自分が飼育している三千羽の若鶏を萎縮させると思っていた。事実、黒龍が力強い羽ばたきの後、低く鋭い雄叫びを上げると、父の鶏舎全体が一瞬しんと静かになるのは良二も知っていた。父は、黒龍の声がブロイラーの発育に少なからぬ障害を与えていると思っている。しかし、それは征服者に対する畏敬の儀礼のようなもので、決して彼らの胃袋に負担を与えるものではないのだ。

「喧嘩するしか能のない軍鶏を何のために……。肉だってあいつの肉は、堅くて食べられる代物ではない。愛想のない太い声で鳴きやがって、全く」と、父はよく近所の人に話しているらしい。

しかし、父が黒龍に敵意を抱くようになった最大の原因は他にあった。いつか良二が黒龍を檻から放ったまま出掛けたことがあった。その時、養鶏場の方に近づこうとする黒龍を、義母が咎めて追い返そうとしたらしい。

するとと黒龍は逃げるどころか、逆に威嚇するような声を発しながら義母に迫ってきたという。鳥というより猟犬の眼であったというのだ。腹の大きい義母は、すんでのところで転びそうになったらしい。その話を聞いて、父は、いかにも忌々しいという顔をして言ったものだ。

「あ奴は、人を人とも思っていない。与太者と一緒だ。腕力の強いのが偉いと思っている不届きな奴だ。もし、転んで流産でもしたらどうするんだ」

父の黒龍に浴びせる悪口は、そのまま良二に向けられたものであった。

そのことがあってから、良二が勤めから帰って納屋に立ち寄ると、黒龍の胸や羽根が乱れて汚れていることがあった。初めは土浴びてもしたのだろうと思ったが、抱き寄せてみると、羽根の先が割れ、胸毛には糞のようなものが付着している。彼は父が黒龍に何らかの仕打ちをしたに違いないと思った。彼は近所の中学生に、それとなく監視するように頼んだ。二、三日してその子が告白の罪悪感に怯えながら話したのはこうだ。

父は鶏舎の世話が済むと、清掃用の黒い厚手の手袋をしたまま片手に竹ボウキを持って納屋の方に近づいてきたらしい。父は、初めのうちは竹ボウキの柄で黒龍の首の辺りを軽く叩いて黒龍の泣き声をブロイラーに聴かせようとしていたらしい。それでも効果がないと分かると、身体を半分小屋に入れ、竹ボウキの先で黒龍の体を激しく突っついたと言うのだ。

父夫婦の留守中、良二は黒龍を鶏舎に放ってやった。黒龍が短い威嚇するような声を発しながら鶏舎の通路を歩くと、三千羽の若鶏たちは怯えて身体を小刻みに震わせながら視線を下に向け、うろたえるのであった。

　日曜日の朝、西田がオートバイでやって来た。今日は「合わせ」の日である。あらかじめ相手方を探し、話をつけるのが西田の役目なのだ。二人は竹籠に黒龍を入れて、二台のオートバイに分乗して家を出た。黒龍はこの六カ月で二度闘っていて、良二は相手の賭け金六万円を手にしていた。そのうちの五万円が、良二の皮ジャンパーのポケットに入っていた。今日の相手の飼い主は、牛馬の仲介人で五万賭けを希望しているという。

　目的の農家に着くと、相手方は焚火で暖をとりながら待っていた。蓆で囲ったサークルの中では、大型の赤笹が闘いの前に足馴らしをしていた。はだけた分厚い胸の筋肉や、太くがっしりした剣爪を見ると激戦を勝ち抜いてきたことがひと目で分かる。剣爪の伸び具合から見ると三歳くらいで、軍鶏としては一番脂の乗り切った頃である。少し曲がり過ぎた先端を矯正して砥ぎ直した跡がある。

「これは見事な軍鶏《とり》だ。肩の張りといい、剣爪のでき具合といい良く仕上がったものだ」

西田が腹巻きをした飼い主にお世辞を言った。

良二は、一見で今日の黒龍の相手が尋常な軍鶏《とり》でないことを悟った。威嚇するような短い声を発しながらサークルの中を歩いている赤笹は、これから何が起きるかを知っていて、既に己の勝利を確信しているようであった。

良二は相手に挨拶して、黒龍を籠から出して控えのサークルの中に入れた。黒龍は、暗い所から急に明るい所に引き出されたので頻繁に瞬きしながら背伸びした。

今度は腹巻の男と農家の主人が品定めにやってきた。

「少し若作りだが、なかなかようできとる」

農家の主人が良二に愛想笑いをした。

良二と腹巻きの男は、それぞれ賭け金の五万円を農家の主人に預けた。勝った方が立会人二人に、五千円ずつ渡して残りを受け取るわけだ。

四人は土俵の中に立って盃を酌み交わした。

両方の軍鶏は闘いの近づいたことを感じ取って肩を張り、歩調を早めてサークルの中を歩き廻っていた。

「さあ、それではそろそろ始めようか」

農家の主人が、盃に残った酒を土俵の上に撒いた。良二は黒龍を見た。顔色が紅潮し眼が燃えている。爪先立って何度も羽搏いた。

蓆で囲まれた直径三メートルの土俵の中に、初めに赤笹、次に黒龍が放たれた。二羽の軍鶏は、全く無造作に闘いを開始した。首の毛を逆立て、低く咬み合ったが、次の瞬間には激しく蹴り合った。赤笹は、予想した通り低いが強烈な蹴りであった。二合三合お互いに、ほとんど空蹴りであった。相手の蹴りを、首を使って巧みにかわすのだ。四人は息を詰めて二羽の動きを見守った。

いつもそうであるが、良二はこの瞬間が好きであった。耳鳴りのする、ぞくぞくする興奮が彼を襲った。若鶏の脆弱な従順さに比べれば、ここには率直な怒りがあった。

初めの二十分くらいは一進一退で、容易に有効打が出ない。しかし、同時に蹴り合ったあと、赤笹の馬力に押されて黒龍が後退する場面が見えた。黒龍は右に左に廻りながら、それに堪えていた。この頃になると、両方共に無駄な動きがなくなる。

相手を充分嘴で喰え込んでから、蹴りを入れようとする。お互いに首と首をぶっつけ合って相手の背後に廻ろうとする。これからが本当の勝負なのだ。しかし、この首と首の競り合いでも赤笹の方が優勢であった。

黒龍は、力の劣勢を動きの早さでカバーするしかなかった。赤笹は黒龍の頭部を喰えて低く押しつけ蹴り込もうとする意図が、ありありと見えた。黒龍は時々赤笹の強烈な蹴りを胸に受けて、莚の壁に飛ばされることもあったが、頭部への痛打をかろうじてかわしていた。

二羽の鶏冠が破れて、鮮血が土俵に飛び散った。

「なかなかやるじゃないか」

腹巻の男が余裕のある声で良二の耳元で囁いた。良二は、その声には耳を貸さなかった。彼も闘っていた。彼は黒龍の眼を凝視していた。怒りに燃えた果敢な眼は、予想外の強敵を迎えても困惑した表情は微塵も感じられなかった。この場の闘いに全存在を懸けていることが分かった。良二は身の引き締まる感動を覚えた。

三十分を過ぎると、相手の動きはかなり緩慢になった。二羽の軍鶏は、嘴を開け舌を出して、息を弾ませ死闘を繰り返した。疲れは赤笹の方に、より目立っている。ようやく旗色が変わったのだ。明らかに、これはスタミナの勝負だ。赤笹が黒龍の首に自分の首を預け、ひと息入れる機会が多くなった。黒龍はそれを振り解くようにして蹴りを入れる。時々その痛打を受け、赤笹が苦しそうに眼をつぶった。

良二は、ある期待をもって赤笹の眼を見詰めた。闘争の眼が恐怖のそれに変わる瞬間を見極めたいのだ。その残忍な喜びが、ひそかに彼が闘鶏に抱いている興味の一つでもあった。

スタミナの消耗の甚だしい赤笹は、それでもしばらくは彼が今まで勝ち、勝負で培ってきた気力で堪えていた。しかしついに、打ち据えるような黒龍の一撃を頭部に受け、堪えていたものが一気に崩れた。

「クウー」という鳴きを入れると、目をそむけたくなるような弱々しい恐怖の表情が認められた。赤笹は首を小刻みに横に振りながら、救いを求めるような眼をして、ふらふらとサークルに歩み寄り、蓆の下に首を突っ込んだ。

黒龍はなおも追撃しようとしたが、農家の主人が間に入った。「これまでだな」と、彼は事務的に宣言した。

「全く、こいつは見掛け倒しだった。薩摩半島で一番というふれこみで買ってきたのに」

腹巻の男は忌々しそうに舌打ちした。「刺して、とり鍋にでもしてくれよ」と、彼は吐き捨てるように言って、まるでボロ布でも捨てるように赤笹を摑んで納屋の中に抛り込んだ。

良二は農家の主人に五千円、西田に五千円を渡して残りの賭け金を受け取った。翌日、田口に黒龍の戦い振りを報告すると、「あまり、むきにならない方がいいよ、いつかは裏切られる時が来るものだ」と忠告されただけで、田口はあまり興味を示さなかった。

黒龍もかなりのダメージを受け、数日は小屋の隅にうずくまっていた。良二はぬるま湯に脱脂綿を浸して丹念に拭いてやり、蜂蜜を水に溶いて飲ませたりした。父はてっきり黒龍が負けたと思ったらしい。「お前のとりもここ二、三日鳴かなくなったな」と遠慮深そうに言った。

(四)

処理場には、香港向けの大量出荷準備の指令が来ていた。本所は香港の市場筋との間に六万羽の契約を交わしていた。しかも、一週間で処理を終われ、と言うのだ。

「場長、あんたは、ここの処理能力を知っていて、それを受けたのかい。今までもずいぶん無理を聞いてきたが、こんなのは初めてだよ」

田口が木村にかみついた。田口は、研いたばかりのナイフを撫でながら良二にも同意を求めた。

「急に決まった話らしいが。俺も昨夜、参事から電話を受け、今朝、本所からの命令書を受け取ったくらいなんだから」と、木村はその命令書を二人の前に差し出した。

「あんたは、これを黙って受けたんだろう。ここには、俺と山口しか処理できる者は、いないんだよ、あんたも手伝ってくれるなら別だが」

「二時間の残業許可は取ってある。今度までだと思って、とにかく頼むよ」

木村は鼻の頭に汗を滲ませ頭を下げた。

処理場は残業態勢に入った。良二と田口は、ほとんど会話を交わす間もなく働いた。二人で一日当たり八千羽の処理であった。手首が腫れあがり、それをバケツの氷水で冷やしながらナイフを使った。髪や顔は血糊で汚れ、何度も洗った。

三日目の昼過ぎ、良二が食事の後、休憩室に寝転んでいると、いつの間にか田口が来て彼のそばに横になった。

「桂子が呼んでるよ」と彼は抑えた声で言った。

外に出ると、桂子が堅い表情で待っていた。二人はグラウンドを横切り、ベンチのある築山の方に歩いていった。昼間の光が目を射た。良二は手で顔に廂《ひさし》を作りながら桂子の後に従った。グラウンドでは男たちとパートの女たちとがバレーボールを楽しんでいた。

「どうしたんだ」

ベンチに座ると、良二は遠くの山を見ながら言った。

「休んでるのに、すみません」

「いや、それはいいんだ、何かあったのかい」

桂子は黙って下を見ていた。白くなめらかな首筋に汗が光っている。彼は昼間に、こんな近くで桂子を見たことがなかった。彼女は何か重大な決心をしたように顔を上げた。

「わたし、妊娠したらしいの、まだ誰にも言ってないわ」

良二は驚かなかった。むしろ来るべきものが来たという感じであった。

「それは、確かなんだね」

「そうよ、誰にも言ってないわ、誓って」

「そうじゃない。妊娠してるってことがだよ。医者に行ったのかい」

「ううん、分かるの、確かよ。それでどうしようかと思って、貴方に話したかったの」

桂子は少し震える声で言った。

「それで、君はどうしたいんだ」

「私は、どっちでもいいわ。貴方の言う通りにするつもりよ」

桂子はわざと明るい声で言った。

重大な決定が、自分に委ねられていることが良二の心を重くした。彼は桂子との結婚を具体的に考えたことがなかった。まだ二十歳になったばかりである。結婚するにしても、ずっと先のことと考えていた。彼は自分が羽根を交叉させられ、広い所に引き出された若鶏のような戸迷いを感じた。

「ちょっと早過ぎたな。何も準備してないもんな」

良二は喉に引っ掛かるものを感じながら言った。

「でも、何とかしないと」

「うん、ちょっと考えさせてよ」

それだけ言うのがやっとだった。

桂子と別れて休憩室に戻ってみると、田口が横になっていた。

「あの子はいい娘だよ。あまり泣かせない方がいいよ」

田口は背を向けたまま、珍しく意見がましいことを言う。

良二は、田口が桂子に以前から好意を持っていることは知っていたが、今、田口の声の響きを聞いて、その想いはかなり真剣なものであったことを知った。

「嫁にする気でいるんだろう」と、田口はまた言った。

「まあ、その気でいるけどな。いつになるか」

良二は曖昧に答えた。

桂子は次の日から仕事を休んだ。仲間には五日間くらいの予定で、大阪の親戚の家に行くと言ったらしい。しかし、彼女は一週間経ってようやく会社に出てきた。出てきた後も、どことなくやつれて生気がなかった。

桂子に何かがあったことは、誰もが分かった。また、それがどういう種類のものか、おおよその見当がついた。当然の成り行きで彼女の周りには、人が寄りつかなくなった。桂子は罪人のように、おどおどして仕事をしていた。良二は、しばらくは彼女に近寄らない方が賢明だと思った。

良二は家に帰ってから、電話を入れてみた。桂子が電話を避けているのか、電話はつながらなかった。

その夜、良二は妙な夢を見た。夢の中で彼は、蒸気の充満した腸抜きの作業場にいた。長く大きなステンレスの調理台の上に、身体中の毛を抜かれ、首をなくした無残な姿の若鶏が折り重なって横たわっている。蒸気でふくらんだ肌は水分を含んで、てかてかと白く光って見える。

大勢の白い帽子の女たちがテーブルを取り囲んでいて、次々にとりの下腹部に穴を空け、そこから手を入れて鼻歌でも歌いながら、気軽に内臓を取り出している。取り出した臓物は、そばのドラム缶の中に、ぼろ衣のように投げ入れられる。それを飼料会社が一括して買い取る手筈だ。この情景は、毎日見飽きた作業であった。

しかし、夢の中の良二は、何か異常な戦慄に打たれ、息を詰めていた。彼は待った。彼の視野は狭められ、ただとりの下腹部と女たちの白い手だけしか見えなかった。そして、ついに彼は見た、生き物のように動く女の手が桂子の胎児を握りしめているのを。

彼はたまりかねて「ううう」とうめき声を上げた。起き上がろうとしたが動けない。

女は全く無造作に、それをドラム缶の中に投げ入れた。良二は声にならない声で叫んだ。

「よしてくれ、それをどうするつもりだ」と。

彼は苦しい夢から目覚めた。喉が、からからに渇いた。階下に降りて水道の水をがぶがぶ飲んだ。

二度目の残業が始まって三日目の午後、桂子が作業中に貧血を起こして倒れた。女たちは気が動転しておろおろするばかりであったらしい。その異常さに気づいて、いち早く彼女を養護室に運ばせたのは田口であった。木村は本部に行って留守だったので、田口は女の子を一人付き添いに置いて、他の者には元通り仕事に付くよう指示した。

良二はその時、冷凍室の様子を見にいってその場にいなかった。特殊な防寒具を着けても、マイナス四十度の室内は、耳を抜くように寒い。すべての物を凍結させる不思議な魔力を持っているようだ。冷気は、ぎしぎしと音を立て、丸裸のブロイラーの肉塊に食い込んでいく。みるみる白い霜が表面を覆い、弾力に富んでいた新鮮な生き物を氷のかたまりにしてしまう。

つい十分前まで羽根をばたつかせていた若鶏が、からからと音のする加工食品になっているのである。もし彼らの仲間が、この末路を垣間見たら、何と慨嘆するであろう。

良二はここに入る時は、いつも軽い眩暈《めまい》を覚えた。その奥や脊髄の辺りが冷気に絞めつけられ、ものの二十分もすると、頭の働きが鈍くなる。脳味噌に通っている血液までも凍るのであろう。

彼は、四万羽の鶏が凍結したきりの谷間にいた。ぎしぎしと音がする。今にも、からからと崩れてきて、自分が埋まってしまうのではないかと不安である。

彼は突然、「この中に桂子の堕ろした嬰児が凍結されていたら、どうしようか」という奇妙な妄想に襲われた。

〈もしそうなら、抱き上げて頬ずりして、その温もりで解かしてやろう。いやそんな芸当は、お前にはできまい。剝き出しの心で、何かにぶつかったことがあったか〉と自問した。

良二が石のように、こちこちのブロイラーを抜き取って凍結具合を調べていると、入口が開いて人が入ってきた。田口であった。防寒衣のガラスから見える彼の眼は怒っていた。何か言おうとしているのだが、無論聞こえない。すぐ出るように、手と顎で合図した。

二人は予備室の椅子に腰掛け、防寒衣を脱ぎ始めた。すぐに外に出ると卒倒することがあるので、十分くらいここで外の温度に馴れる準備をするのだ。

「桂子が倒れたよ。今、養護室にいる」

田口は防寒衣から顔を出すと、すぐに言った。

「何でだ」

良二は言ってしまってから、はっとした。

「それは、こっちが聞きたいよ。本当なのか、女たちが噂しているのは。桂子に子供を堕ろさせたって……」

良二は返答に詰まった。堕ろせとは言わなかったが、彼女の方でそれを察したのだ。

「桂子は辞めさせた方がいいよ。晒し者にするのは酷だよ」

田口の言葉には、有無を言わせぬ強引さがあった。

良二は反発を感じた。

「それは、お前の意見だろう。桂子は何と言っているんだ」

するると突然、田口が立ち上がった。彼の手にはきらりと光るナイフが握られている。

「危ない！」と良二は身構えた。しかし、それは勘違いであった。

「お前は、しようのない奴だな」

彼は、まるで冷凍食品でも見るような冷ややかな眼で、良二を見下ろした。

しばらくして、事務所の門を出ていく救急車のサイレンの音が聞こえ、それは次第に遠ざかっていった。

帰宅してから桂子に電話を入れたが、彼女は電話に出なかった。夜遅くなってから、桂子から電話があった。

「電話をもらったみたいね。近くのお寺に行っていたの、独りでお詣りして子供の冥福を祈ってきたわ」と抑揚のない声で言った。

「すまなかった。いや、ありがとう」

良二はそれ以上何と言っていいか、分からなかった。

「あなたは、やはりまだ一人前の男じゃなかったのね。早く分かってよかったわ」と言うと、電話は切れてしまった。

あくる日から桂子は、仕事に出てこなかった。

十日ばかり経って、田口が突然処理場を辞めた。給料をもらった明くる日だった。後で聞いた話だが、田口が桂子を伴って、この地を出て大阪に向かったことを知った。良二は、桂子にすまないことをしたと反省すると同時に、田口が桂子を引き受けたことに感謝した。あの二人なら、きっとうまくいくだろうと思った。

田口の去った後、彼の代わりに山本が昇格したが、一日の処理能力は二千羽に届かず、その分良二の負担が増えた。疲れた身体を休憩室で横たえていると、受付の早見が、「来客が面会室に来ている」と告げた。出てみると、つなぎを着た大柄な男が待っている。男は桂子の兄だと名乗った。自衛隊をこの春辞めた兄がいることは桂子から聞かされていた。

「お前が山口か、ちょっと外に出ろ」

男は処理場の門を出た。仕方なく良二も後に従った。

二人は門の横の植込みの近くに対峙した。

「ずいぶん桂子をいたぶってくれたじゃないか、桂子は頼んでいないが、男のけじめはつけてもらわんと。何、大した注文じゃない、慰謝料も含めて餞別の二十万出せよ。

それに一発撲らせろ、それで勘弁してやる」

男はそう言った。良二はうなずいた。そして股を開き、足をふん張り、歯を噛み、頰を固くした。男の太い拳が頰を襲った。目から火が出た。

良二は翌日、二十万円を桂子の口座に入金した。今の彼には大金だが、惜しくなかった。

十一月になって、父と場長の木村が待ち望んでいた新型の殺鶏機が設置されることになった。本所から理事長をはじめ、理事、参事が試運転を視察にやってきた。試運転の前に慰霊祭が執り行われた。開所以来ここで処理された幾百万羽の若鶏の霊を慰めると同時に、これからもっと能率よく、しかも上品に処理できる機械のお披露目を兼ねた、何とも奇妙な慰霊祭であった。

神事の後、場長の木村と良二が表彰を受けた。良二には前もって知らされていなかった。木村が自分だけ表彰を受けるのに気が引けたから、良二を推選したものであった。

「両君は、近年とみに伸び続ける食肉需要に対し、その一線にあって良く現場を盛り立て、組合の業績の伸長に功労があったことを認め、ここに金一封をもって表彰する」

理事長は表彰理由を高々と読み上げた。木村が代表して恭恭《うやうや》しく受け取った。

良二は面映いというより、むしろ呆気にとられた気分であった。理事長は続けた。

「皆さん、我が国のブロイラーの消費は、去年ついに年一億羽を超えました。我々はこの国民的要望に応えなくてはなりません。このたび、我々と有明工業との協同開発により、新型の処理システムが設置されることになりました。当処理場の処理能力においても、諸君の就労条件においても、飛躍的に改善されることと思います。こういう近代的施設を持った処理場は、県下にはまだありません。ここで働く諸君は仕事に誇りを持ってなお一層の努力をし、もって地域社会の発展に寄与されんことを望みます」

理事長は自分の言葉に酔っていた。

華やかな乾杯で式が終わると、試運転に供される五十羽の若鶏が、みんなの前に引き出された。彼らは暗い所から突然光栄ある場所に曳き出され、きょとんとしていた。良二はまるで自分が晒し者になったようで正視できない。「羽根をばたつかせ暴れろ」と叫びたかった。

有明工業の係員が籠から一羽ずつ取り出して、まるで大根干しでもするように殺鶏機に逆さ吊りに並べていった。殺鶏機のチェーンベルトには、足をワンタッチで固定できる金具が付いている。首は首で、真下で止める。要するに、いちいち助手から受け取ったり、肱で鶏を押えつけたり、顎を引っぱったりする必要がないのである。

係員は五十羽のセットが終わると、勝ち誇った顔でボタンを押した。チェーンベルトがゆっくり動き出し、棒のように伸びて身動きできない若鶏が、殺鶏係の椅子の位置まで移動して来る。椅子のある位置には、ステンレスのカバーが垂れ下がっていて、そこまで来ると鶏の姿は見えなくなる。カバーには、ちょうど鶏の頸動脈に当たる部分に横二メートルの透明の窓がある。機械がそこで停まった。係員が見学者に説明した。

「これを見てください。殺鶏は、椅子に座ってここを通過する鶏の喉元だけ見ていればいいのです。ナイフを使うこともなければ、返り血を浴びることもないし、誰にでも気軽に務まりますよ。しかも運転スピードを調節できますから、計画的な処理ができます」

「なるほど、これなら誰にでもできる」と理事の一人が感嘆の声を発した。

「どうです。どなたかやってみませんか」

係員は調子づいて周りを見渡した。しかし、皆背広を着ているので尻込みしている。

「大丈夫、汚れませんから、場長さんどうです」

指名された木村が、仕方なく椅子に座りボタンを押した。逆さ吊りの鶏は次々と移動し、窓の中で回転する刃物で頸動脈を切られ、血抜きされ、ぴくりともしないで脱毛機に運ばれる。

「一日の処理能力は、二万羽から三万羽です。これからは、県内県外は無論、全国の市場や海外にも販路が広がりますよ。労務管理も大いに改善されるはずです」

係員は胸を張った。

翌日から良二は、新しい機械の前に座った。機械メーカーの係員が言ったように、誰にでもできる単純な作業である。当然ながら、良二についていた歩合は取り消された。その替わり、一万円の手当てと一万五千円の本給のアップがあった。それでも以前手にしていた給料より二万円は減じた。

彼の目の前を数えきれない白い若鶏たちが通過していった。鶏を殺すという感じはなかった。粘っこい血の感触も、一瞬の驚きに戸迷う若鶏の透き通った眼も垣間見ることもなかった。屠場の持つ凄惨ではあるが、一対一の出合いは残されていなかった。一日の処理数は田口と二人でやっていた時の二倍を超えた。

彼は、まるで自分が織布メーカーか、皮革工場の機械の前にいるような気がした。

そんな夜、帰ってみると、父が血相を変えて身支度していた。義母に男の子が生まれたのだ。昼間急に産気づき、先ほど無事男の子を出産したとの電話があったらしい。

「三千二百グラムあったそうだ。これから行ってくる。ことによったら、向こうに泊るかもしれん」

父は少なからず興奮していた。

「お前の時も、やはり冬の寒い時でな、今みたいに暖房も効いていない時だったから、病室に火鉢を持ち込んで夜を明かしたことがある」

父は少し気が引けたのか、そう付け加えた。

父がタクシーで出掛けていった後、良二は旧いアルバムを取り出して見た。精一杯の晴れ着を着た、まだ若い母に抱かれた赤子の写真があった。父が後ろに立って二人を見守っている。黄色っぽく変色した写真の中の子が、自分であるとはどうしても信じられない。その中には過ぎ去った年月以上に懸け離れたものがあった。

翌朝早く、父はまるで未登頂の山を征服した登山家のように勢い込んで帰ってきた。

「泣き声が大きくて元気そうだ」とか「乳の飲みっ振りがいいから育てやすい」とか、

彼は病院の様子を逐一報告した。「名前は俊英と付けようかと思ってる」とも言った。普段寒がりの父は、カイロを胸に毎晩病院に通った。

ちょうど一週間目に義母親子が退院してきた。父は赤飯を炊き、近所の人たちを呼んで男子の誕生を祝った。

「この子が成人するまでは、死ぬわけにいかなくなってしもうた」

父は盛んに照れ隠しをした。

義母は子供を産んで、母親としての自信に裏打ちされた落ち着きと、うれしさを身体中で表現していた。彼女は良二にも優しくなった。

冬の穏やかな日など、鶏舎の横の陽だまりで、仕事の手を休めた父と赤児を抱いた義母が並んで座っているのをよく見掛けた。父は顔を崩して「おろおろばあ、おろおろばあ」と舌をころがして蛙のような声を出していた。

父は、はっきりと若返った。髪を短く刈り込んで、白髪が目立たなくなった。地味な野良着を捨て、茶系統のチェックのシャツや紺色の折り返しのないズボンを履いたりした。そして、それらは意外にも父に似合った。

父は養鶏という仕事にも積極的に取り組むようになった。経営者としての自覚に目覚めたのである。父は自分のとりを、精肉を生む機械として突き離した目で見るようになった。普及員が来て五週間、鶏の平均飼料要求率を調べて驚いた。組合の平均を少し下回るくらいの好成績に変わっていたのである。そして、あれほど良二の生活態度をなじっていた父が鷹揚になった。

「ほほう、なかなか風格が出てきたではないか」

父は時々黒龍の小屋に来てお世辞の一つも言うようになった。父の変わりように良二は驚きと同時に羨望を感じた。父は今や雌鶏やひよ子を従えた立派な雄鳥になっていたのである。

（五）

十二月も中頃になった。ある夜、家に帰ってみると、見知らぬ男が来ていた。彼は清水と名乗った。東京から来たある週刊誌のカメラマンで、鶴を撮影しに来たという。市の観光課から組合に宿泊の提供の相談があり、飛来地に近いことから彼の家が推薦されたらしい。十日くらいの予定だと言う。

清水は、東京から来たにしては服装にしても、喋り方にしても地味で控え目であった。彼は良二の部屋と廊下を挟んだ隣の部屋の八畳に落ち着いたが、朝と晩母屋で食事する以外は、小さなカメラを首にぶら下げて出歩いてばかりいた。

彼がタクシーで運んだという大型の望遠カメラは、客間の隅に置いたままであった。彼は出張をいいことに、適当にさぼっているように思えた。本当に鶴を撮るつもりなら、市が観光客のため餌付けしている寄せ場に行けば、いつだって四、五百羽はいるわけだし、十日と言わず、二、三時間もあれば、週刊誌に載せるくらいの写真ならいくらでも撮れるはずなのだ。

以前にも鶴を撮るという触込みで、何人かのカメラマンと称する者が来たことがあったが、そのどれもが大袈裟な鳴り物入りの割には、ちっぽけな地方紙の一隅に申し訳程度に載るか、広告用カレンダーの一ページを飾るかというようなものであった。とにかく、清水という男は、それらのどのカメラマンより不熱心に見えた。

「鶴なんぞ撮ってどうする。この辺じゃ見飽きてるというのに」と良二が言うと、「そうですね、この地では、鶴はあまり歓迎されていないみたいですね。まあ、ゆっくり見てからにしますよ」と彼は呑気なことを言う。言葉通り、彼はカメラ一つを肩に、毎日どこかに出掛けた。

　清水が来て四日目の朝、良二は彼を黒龍の小屋に誘った。黒龍の出来栄えを自慢してやろうという気持ちと、あわよくば写真の一枚でも撮らしてやろうと思ったからである。黒龍は次の日曜日、例の腹巻き男が新しく買い求めてきた軍鶏と、今度は蹴爪に手を加えての、真剣勝負をする予定であった。

　良二は、黒龍を外に放った。黒龍は短い警戒するような声を発しながら、二人の周りを歩き回った。黒龍は三年目の冬を迎え、理想的な体型に仕上がっていた。よく張った胸。太い嘴、炯々《けいけい》とした鋭い目。青黄色の太い脚とよく延びる脚と爪。戦の主力である蹴爪は三センチほどに伸びていて、太さといい、型といい申し分ない。

　しかし、清水はほとんど関心を示さなかった。額に飾るから一枚撮ってくれるように頼むと、彼は渋々それに応じた、黒龍についての感想を求めると、「どうも、こういう作り過ぎた〈鳥〉は好きになれない。どこか背伸びしているようで、歩き方にしても鳥類は、もっと弾力のある伸びやかな歩き方をするものです。それにもともと僕は、空を自由に飛ぶ鳥が好きなんですよ」、彼はそう言って興味を示さなかった。

　一週間ほど経った夜、ふとんの中でうとうとしていると、清水が起こしにきた。ぜひ手伝ってほしいと言うのだ。身支度して外に出てみると、薄い月が中天に貼り絵のようにへばり付いていて、物音一つ聞こえない。

「見つかったんですよ、いい場所が」

清水はそう言うと、家から西の方に歩き出した。

「寄せ場は、海に近い方だよ、そっちに鶴がいるの？」

良二は慌てて言った。彼の目指そうとしているのは、江戸時代にできた干拓地で、集落に近く、寄せ場より一キロも離れている。

「江内川の近くの沼地の辺りに、夜、鶴の集まる場所があるのですよ」

彼は夜露に濡れた短い枯草の生えた田んぼを横切りながら、真っすぐ歩いた。仕方なく良二もそれに従ったが、長靴が少しめり込んだ。三十分も歩いた後、二人はようやく、清水の言う「いい場所」に着いた。

そこは江内川の土堤と旧干拓の土堤に囲まれた窪地のような所であった。遠くに集落から荒崎に向かう橋の影が見える。二人は夜露に濡れた草の上に腹這いになった。

「この月明りで写真が撮れるの、あまり近づき過ぎると奴らに気づかれないかな」

「いろいろやって見たが、昼間どうしても彼らに近づけないんだ。一応、藁小屋にカメラをセットしたが、もう一度確認したいんだ」

　彼はそう言いながら、少しずつ前進した。良二も長靴を引きずりながら、それに従った。

「ほんとに、この辺に鶴が集まるのかなあ。それより、カメラは望遠なんだろう、遠くからでも撮れるじゃないの」

「うん、何枚かは撮ってみたが、今一つぴんと来ないんだ。彼らの息遣いまで伝わってくるような近さがほしいんだ。あそこなら、大丈夫。何度も確かめたから。どういうわけか、彼らはここで夜を越すのですよ」

　二十メートルくらい進むと、前方右側に旧い石垣が見えてきた。旧干拓の海をせき止めた土堤である。その石垣に沿って葦が生い茂っている。風はほとんどない。夜の冷気が首筋に伝わってくる。

「聞こえるでしょう。鶴の声が」

　耳を澄ますと、確かに聞こえる。「クルッ、クルッ」と、短い鶴の声だ。

「我々の接近を警戒しているのですよ」

　さらに進んで薄明りを透かして見ると、鶴の群れが見えた。手前に三、四羽の鶴が首を立てている。見張りの鶴らしい。その奥に、首を羽根の中に納め、尾羽根を下ろし、静かに立っている鶴の群団がいた。それは一見、月夜に背を丸めて寝入っている羊の群のように見える。百羽近くは、いそうである。こんな所にこんな数の鶴が夜を明かすとは驚きだった。

二人はようやく、清水が建てた藁小屋に到達した。

「百羽ぐらいは、いそうだな」と良二が言うと、「いや、百五十羽以上は、いるはずですよ」と清水は確信に満ちた声で言った。

清水は近くの草の茂みの中に、人二人がやっと動けるような小屋を作っていた。その中に入って、良二は吹き出してしまった。それは小屋と呼ぶには、あまりにもまとまりのないものだった。二メートル足らずの竹の柱を四本、地面に突き立て、それに三本の竹を、前方と、横に荒縄で結び付け、稲藁を無茶苦茶にぶら下げたもので、屋根はなく、子供の作業でも、これよりはうまく仕上がるであろうと思わせるものであった。

しかも、その稲藁が昼間の風で、ところどころずり落ちている。しかし、使われている稲藁の量は、四束近くはありそうで、清水の体力なら少なくとも、四回は運んだ勘定だ。途中までリヤカーで運んできたとしても、そこから二百メートルは、田んぼを横切って担いで来なければならないことを思うと、彼がこの仕事に、いかに真剣に取り組んでいるかを知った。

　二人は風であおられた部分を手直しした。その間も鶴の短い警戒の声は、時々聞こえていたが、だいぶ落ち着いていているようだった。修復作業が一段落したところで、清水は、セットしてあったカメラのファインダーを覗いた。

「あっ、これじゃだめだ。軽率だった。群れの位置がずれている」

　彼は落胆の声を発した。

「位置としては、悪くないと思うが」

「だめだ。東の海側の松林の向こうに高い山が見えますよね。矢筈岳でしたね。鶴と松林と日が出る山を一直線に結びたいのですよ」

「じゃ、カメラを小屋の右端に少しずらしたらどうだろう」と良二が提案すると、

「それでもだめだ、明るい間に、鶴を意識し過ぎて焦ったのがいけなかった」と言う。

　仕方がないので二人は、せっかくの小屋を壊し、五メートルほど右に移動させた。

作業は一時間ほど掛かった。小屋が再建されると、清水は三脚とカメラをセットした

後、ファインダーを何度も覗いた。

「これで、いけそうだ。ほんとに助かった」

清水は、そう言って莚の上にあぐらをかいた。

「四、五メートル動いただけだから、大して変わらないと思うけど」

「アングルが大事なんですよ。アングル次第で写真は、全く別物になりますから」

「こんな苦労しなくても、寄せ場に行けば、鶴は飽きるほど撮れるのに」

「自然の中で生きる鶴を撮りたいのですよ。あそこにいるのは、家畜化された鶴ですから撮る気になれないな」

「何年も鳥の写真を撮り続けていると言ってたね。いつもこんな苦労をしているの」

「そう、ここ十年だな。去年の冬は尾白鷲を追って、知床半島で十日間ねばったことがある。尾白鷲は海岸の切り立った崖の岩棚にしか巣を作らないので弱った。崖の上から吊した籠の中で夜を明かしたことも、あほう鳥の生存を確かめに伊豆諸島で野宿をしたことも」

「そこまでして、どうして鳥にこだわるの」

「なあに、初めは編集企画で動いていたのさ。そのうちに鳥の写真が僕の名刺替わりになってしまって、今では北に南に振り回されているみたいなものですよ。でも鳥は嫌いじゃないな。鳥はいつでも自由に空を飛べる。我々と懸け離れた存在だ。でもね、生きることに実に真剣だ。過酷な自然の中で、いかに捕食して生きるか、いかに子孫を残すか覚悟をもって生きている。ファインダーを覗いていると、自分まで真剣に生きているような不思議な気分になるのですよ」

「なるほど、同じ鶴の写真でも、自然のままの本当の写真を撮りたいんだ」

「そういう表向きの意味もあるが、自分が被写体から受けた同質の感動を、写真を見る人に伝えたいのですよ。ここは誰も気づかなかった場所で、集団で平和な眠りに就いている鶴の群と、朝早く日の出に向かって飛び立つ鶴の姿を撮りたいのですよ。明日の日の出は、六時四十八分で、あの出水富士の右肩から出るはずです」と、清水は海の方を見ながら断言した。

　良二はここ二、三年、日の出の様子など気に掛けていなかったことに気づいた。

「今夜はありがとう。良二さんは、もう帰った方がいい」と清水が言った。月明りで時計を見ると、午前二時少し回っている。良二は立ち去り難いものを感じながら清水と別れた。

翌朝、清水はげっそりやつれて帰ってきた。

彼の姿を庭先で見た時、てっきり撮影に失敗したのだと思った。部屋に彼を訪ねると、彼は窓に肱をついてぼんやり外を見ている。列をなして高い空を飛ぶ鶴を見ているのだ。

「うまくいかなかったの？」と声を掛けると、彼は手を振った。

「お陰でうまくいきましたよ。夢中で五十枚は撮りました。中には、きっと狙い通りのものがあるはずです。お陰でここでの仕事は終わりました」

彼は夢から覚めたように言った。彼が疲れているように見えるのは、燃焼した後の気怠さであることが分かった。

良二も清水の隣に腰を下ろし、目線の先を見上げた。海に近い松林の遥か上空を、四羽の鶴が大きく旋回している。

「二羽は少し小さいようだけど、親子だろうか」と良二がつぶやくと、「今年生まれた幼鳥でしょう。鶴は毎年二個の卵を生み、育てますからね」と清水がうなずいた。

「何をしているんだろう」

「さあ、さっきから、同じ所を何度も旋回しているのですよ、しかし鶴って不思議な鳥だなあ、ほとんど羽ばたかないのですよ」

「降りる場所を探しているのじゃないかな」

「いや、渡りに備えて風に乗る練習をしているのじゃないでしょうか」

「少し早いようだけど、東支那海から朝鮮半島、それからシベリアを目指すのでしょう」

「そうです。三千キロ近くありますからね」

「そんなに遠くまで。あっちに何かよいことがあるのですかね」

「シベリアには、手付かずの沼地が広がっていて、水中植物や昆虫などのエサが豊富ですし、それに何より彼らにとっては、生まれ故郷ですからね」

「それなのに、なぜこっちに来るのだろうか」

「生きるためですよ。生きて子孫を残すためですよ。冬の間、沼地が凍結してエサが捕れなくなりますからね。彼等は生きるためなら、どこへでも飛んでいきます。飛ぶことは、生きることなんです。ですから、アヒルや鶏のように飛ぶことを諦めた鳥は、もはや〈とり〉とは呼べないのじゃないでしょうか。昔は、この地方にも自然がいっぱい残っていたそうですね。早朝、裏の畑で間近に鶴と出会ったり、近くの干潟や小川で小魚や貝類を漁っている鶴の群を見掛けたそうですね」

「昭和干拓で広い干潟がなくなり、海で鶴を見掛けることはなくなったなあ」

「島根や新潟なども自然が失われ、野鳥の飛来地はどんどん狭くなっています」

清水はそう言って大きくため息をついた。

「清水さんは、若い時から、ずっと〈とり〉を撮り続けているの」

明るいところで見る彼の顔は、良二より十五歳以上離れているように見えた。

「写真の学校を出て、五年はテレビ局の報道カメラマンをやっていました。ベテランの記者について、走り回っていましたね。当時は安保問題とか、沖縄の基地問題、学園紛争とか、成田空港問題とか日本中が騒然としていましたからね」

「へえ、社会の先端で活躍していたんだ。小学生の頃、テレビでよく見ていました。やり甲斐のある仕事だったでしょう」

「初めは私もそう思っていたのですが、だんだんテレビの仕事が嫌になったのですよ」

「何でですか。私などは、あのフラッシュの光やシャッターの音などに興奮しますが」

「記者の記事内容に合うような写真ばかり撮らされるし、テレビ局の主張や番組の主旨に沿った映像ばかり放映されるのですよ。採用されなかった写真の方にも、それなりの道理があるような場面も多数ありましたからね。それで嫌気がさして辞めました。自分の意志で自分の好きな写真を撮りたかったですから」

「テレビの仕事だから給料は、よかったでしょう。それに安定しているでしょうから」

「それはまあ、そうですが」

「家族の方は何と。お子さんは、おられるんでしょう」

良二は自分よりひと回り以上も上の清水が、かくも簡単に自らの将来を決めたことに驚きを感じていた。

「私には家族は、おりません。孤児だったんですよ、私は。東京の北多摩にある〈慶命院〉の門脇にトイレットペーパーに包まれて捨てられていたそうです。十八歳で卒園するまでそこで育ちました。〈慶命院〉の経営者で寺の住職であった清水さんが、父になってくれましたが、その父も九年前に亡くなり、完全に独りになりましたよ」

清水は寂しく笑った。

二人の間に沈黙が続いた。良二は、不用意に清水の身上を訊ねたことを後悔していた。

「慶命院の講堂に大きな額が掛っていましてね。それには院長で書家である父の手になる書が納められていました。文面はこうでした。

『自らを鼓舞して荒地を疾走し、力を尽くして大地を蹴り、明るい光に向かって飛翔せよ』

私は小さい時から、この額を見上げて育ちました。そのうちに、この書のイメージが出来上がり、一つの心象風景として私の胸に残ったのでしょうね。父が亡くなってからです。私が〈とり〉の写真に一層のめり込んでいったのは」

夕闇が迫り、二人は中途半端な気分で別れた。

翌日帰宅すると、清水は部屋を出た後だった。義母が清水からの一通の封筒を渡してくれた。中には「お世話になりました。また会えればいいですね」という短いメッセージと一万円が入っていた。その金で仲間と苦い酒を飲んだ。

一週間もすると、清水のことはすっかり忘れてしまった。良二は相変わらず処理機の前に沈殿物のように座り続けていた。

父は組合から優良養鶏の表彰を受けた。それに力を得てか、父は新年に向かっての経営方針を打ち出した。肥育数を一気に一万羽に増やす計画に取り組んだ。一万羽はブロイラー養鶏の理想羽数と言われ、毎月きまって出荷できるので収入が安定する。

敷地を西側に延長し、新たに四千羽を収容する小屋と飼料塔を一基施ける計画であった。飼料がバラで保管できるので、これまでの袋入りに比べれば一袋当たり八十円は安く買えるはずだと言った。

父は、それまで人手に頼っていた地ならしや、コンクリート打ちなどに毎日精を出した。義母は折を見計って赤児を背負ってお茶のサービスをしたり、話し相手になったりしていた。

父は作業の手を休め、子供を腕に抱きながら、義母に何事か熱心に話していた。恐らく予想される収入について話しているのであろう。そんな父の姿を見ていると、「あと三十年は死ねなくなった」と言った、冗談めいた言葉が本気であるような気がしてくる。

良二は、黒龍に熱中していた。週末に例の腹巻き男との間に「合わせ」の約束ができていた。西田の話によると、相手は腹巻き男が薩摩川内から求めてきた黒笹で、黒龍より少し大きいんじゃないか、ということだった。

良二は、黒龍の蹴爪の先端をヤスリで少し研いでやった。削り過ぎると打力を失いそうであった。「合わせ」の当日は雨であった。彼は出掛けに黒龍に蜂蜜入りの牛乳を飲ませ、黒龍の入った籠をシートで被い、荷台に乗せ、黒い合羽を着て、西田と並んで家を出た。目的の農家に着くと、三人の男が暖を取りながら待っていた。相手の鶏は黒龍と同じ黒軍鶏で、体は黒龍よりやや大きく全体によく仕上がっていた。特に蹴爪が大きいのが目立つ。先端を丁寧に銃弾状に研いである。

「賭け金は五万でもいいよ」と、腹巻き男が囁いた。

「いや七万円用意してるんだ」と、良二は金を農家の主人に預けた。

試合は雨の中で、ひっそりと固唾を呑みながら見守る五人の合羽を着た男たちに取り囲まれながら行われた。

二羽の軍鶏は雨に羽根を光らせ、首を低くし細くなって、突っつき合い、激しく蹴り合った。そのたびに、胸や首の毛が舞い、冠頭の血が飛び交い、水留りににじんだ。それは凄惨というより、むしろはっとするような美しさであった。

闘いは一進一退であったが、あまり長い時間を要しなかった。これは闘鶏と言うより、もはや危険な殺し合いで、一瞬の偶然が勝敗を分かつのだ。どちらかが放ったひと蹴りが運良く相手の頭部を直撃すれば、その場で闘いは終わるのだ。この試合に限って、負け鶏の眼が恐怖に変わってゆく過程を読み取る暇はあるまいと思った。

十五分も経つと、雨に濡れ、泥まみれになって二羽の軍鶏は二回りも小さく見えた。そして、ついにその時が来た。相手の放った鋭い蹴りが、黒龍の頭部を捉えたのだ。鈍い音がした。

堅い槍の穂先が、頭蓋骨に食い込んだのだ。黒龍は踏み荒された水留りに倒れた。反射的に起き上がろうとしたが、よろよろとよろけて眼をぱちぱち開けているだけであった。何が起こったか、自分でも信じられないような美しい眼であった。

「これまでのようだな」

農家の主人が試合の終わったことを告げた。

黒龍の頭蓋骨は、めり込んで血が吹き出していた。良二は黒龍を自分の合羽に包んで籠の中に入れた。黒龍は帰りの単車の上で死んだ。

良二は雨にずぶ濡れになりながら家に帰り、黒龍を梅の木の下に埋めた。そして、その翌日は埋め跡の上がへこむほど冷たい雨が、終日降り続いた。

良二は賭け金の七万円を失ったが、黒龍の眼の中に弱々しい恐怖の眼を見ることなく終わったことで、少しは救われた。暮れに西田から電話があり「伊佐大口に、いい若軍鶏がいるらしいが見にいかないか」との誘いであったが、その気になれなかった。

元旦に、彼の家に一冊の週刊誌が届けられた。

昭和四十二年の新年号で、清水が送って寄こしたものであった。彼はそれを寝る前に手にした。表紙をめくると、四ページにわたって三枚の鶴のカラー写真が載っている。初めに大きく「鶴の来る里」という表題がついていた。

写真は、どれも今まで見たどの鶴の写真より新鮮な出来栄えであった。良二は食い入るように写真を見詰めた。

一枚目は夕方の写真で、広い北薩の空が茜色に染まり、上空に十数羽の鶴が群れをなして飛んでいる。五、六羽は高く、別の五、六羽は低く、西の方に向かっているようだ。その空の下を一台の荷馬車が写されている。馬の手綱を持つ若い農夫は、小さな男の子を背負い、横には四、五歳の女の子が座っている。三人は頭の上の鶴を見上げ、女の子は鶴に向かって何か叫んでいるようだ。低いアングルから、馬車と人物と空の一瞬を切り取った清水の苦心の作品に思えた。写真の右肩に小さく（ねぐらに帰る時）と表題がついている。

二枚目は良二が立ち会った、あの夜の沼地の写真である。ただ時間的にはもう少し遅く、朝方に近いようだ。遠くの東の空が、少し白らみ始めている。西の空に傾いた月が見え、葦原をバックに、首をたたんで眠っている鶴の群が写っている。わずかな逆光を背に受け、うなだれている姿は、従順な羊の群のようだ。

しかし、手前の見張役と思われる四、五羽の鶴は、首を上げ伸び上がり、羽根を少し広げている。足元には白い沼地が広がっていた。（目覚めの時）と表題がついていた。

三枚目の写真は、二ページに及ぶ大きなもので、良二の脳天を痛打するような写真であった。時間的には、二枚目の少し後に撮られたもので、遠くの東の松林の影と、その先の海の向こうの矢筈缶の山影が写っていて、山の右肩から、わずかに太陽の光が出ている日の出前の写真だ。望遠で撮られたもので、清水がアングルを一番気にしていた一枚だ。

手前の黒く広い荒地には、四羽の白い大型の真鶴《まなづる》の姿が写っている。

一番右側の鶴は首を低くして、体をゆするようにして、走り出す体勢を取ろうとしている。今一羽の鶴は、身を低くし、羽根で我が身を抱くようにして風の抵抗を抑え、沼地の上を助走している。その先には、もう一羽の鶴が羽根を半分広げて下に下げ、長い足で交互に荒地を蹴りながら疾走している。そして最後の一蹴りを大地に与え、空中に跳び上がった瞬間である。

さらにその先には、信じられないような大きな羽根をいっぱいに広げ、地上二メートルのところに飛び上がった鶴が写っている。両の足は、真っすぐ後方に伸ばされ、しなやかな長い首は、前方の山頂の明るい空に向かって一直線に伸びている。新年の新しい太陽に向かって、力強く飛翔しようとする四羽の真鶴の姿を瞬時に切り取った清水渾身の作品である。

表題に（新しい光に向かって「飛び立ちの時」）と記されている。

良二は、この写真に衝激を受けた。無意識のうちに、何度も、何度も「飛び立ちの時」「飛び立ちの時」と繰り返していた。彼にとって、この写真は一つの啓示のように思えた。

新しい年の仕事が始まってすぐ、良二は木村に辞表を提出した。木村は「そうか残念だな、山口君まで辞めると、処理能力が落ちるな」と言ったが、彼は新しい処理機の能力を充分知っていたから、あまり落胆した様子はなかった。

それから、良二は愛用の単車を売り、正月が終わらないうちに、夥しい数の若鶴が流れるガラスの白い壁と、父家族の住む家から、東京に向けて飛び立った。

詩篇

都市を逃れて

　蒼白き朝　重厚な都市を逃れて、
行先定めぬ旅に出る。
電車は日常を断ち切り、スピードを上げる。
街は後方に流れ、野山は茫々《ぼうぼう》と霞んで見える。
　想いは鉄路の彼方を彷徨《さまよ》い、
記憶は過ぎし日々を辿る。
　日は高く、電車は海辺を走る。
　地平は遥か、沈黙の宿る大いなる空間。
岸近く「時」に置き去りにされた海人の家、
庭に一筋の煙、塩藻焚き魚を呼ぶ旧き習《ならわし》か。
男、舟に魯を立て、女、子を背に磯を漁る。

ここにも確かな生の営みあり。
沖に浮かぶ水鳥は哀し、
友と語らう術を知らず。
我も又、この火照った体を冷たい水に浮かべ、
行方知らずの遠くの海へ、流されてみたい。

流れる

時は流れる。人の世も、国も流れる。
「効率」と「利便」の魔の手に導かれて、
節操もなく、とめどもなく。
　習慣も、倫理も、心情も、真実も流れる。
操作された「世論」にあやつられて、
流れ、流れて何処まで行くか。
模糊たる時代の水際、時の変貌に驚く。
　冬の夜、病院のベッドで寝れず、
窓際に立てば、無心に輝く静寂の星空。
齢八十年、七十万時間の茫大な時の堆積、
「汝、自らに忠実なりや」
「時流に迎合せざりしか」自問する日々。

空の一隅を星が流れた。短い光を残して。
　闇に消える星を見る時ほど、
「人は死すべきもの」と強く感じることはない。
宇宙とは何、時とは、死とは何、人生とは。

地球の裏側に消えた人

あの人が女の人と夜明けの浜を歩いていた。
星も、風も、波の音も無く、
ただ、砂を踏む音だけが聞こえていた。
二人は立ち止まり、白く光る遠くの海を見た。
そして、永い接吻を交わした。
私は息をとめ、下を見てじっとしていた。
或る晴れた冬の日、あの人が街を歩いていた。
近くの店で、赤いネッカチーフを買った。
そして、公園でブランコを漕ぎながら、
初めて聞く愛の歌を口ずさんでいた。
私は梅の木の陰で、それを見ていた。
突然、白い花が散り、小鳥が飛び去った。

私は思わず息を呑み、あの人は歌を止めた。
それ以後、あの人に会ったことはない。
何処で、何をしているか知らない。
あの人は、ずっと私の近くに住んでいた。
でも、あの人の視線の先に私の姿はなく、
私の漏らす微《かすか》かな吐息の音はあの人に届かず、
不器用な私は、想いを伝える術を知らず、
幾年も、幾年も過ぎ去ってしまった。
或る月の明るい夜、私は不思議な夢を見た。
あの方が、月の手前の丸い地球の縁を、
逆光を浴びながら、独りで歩いていた。
運命に何のためらいも、疑いもない、
従順な孤独な旅人のように、
あの方は、幾何学的円弧の斜面を下り、
やがて、地球の裏側に姿を消した。

著者プロフィール

亜木 満（あぎ みつる）

本名・秋野三代司。
1935年、鹿児島県出水郡高尾野町江内野口に生まれる。
1951年、鹿児島県立尾野町江内中学校卒業。
1954年、鹿児島県立出水高等学校卒業。
1998年、明治大学法学部卒業。
現在静岡県伊東市在住。
著書『不知火の詩』（2001）
　　『まゆの花』（2002）
　　『遠くの太鼓』（2005）
　　『群衆の背後』（2018）

咄嗟《とっさ》の契約／とり

2024年３月15日　初版第１刷発行

著　者　亜木 満
発行者　瓜谷 綱延
発行所　株式会社文芸社
〒160-0022　東京都新宿区新宿1－10－1
電話　03-5369-3060（代表）
03-5369-2299（販売）

印刷所　株式会社暁印刷

ISBN978-4-286-24930-8